梁平　主编

四川文艺出版社

图书在版编目（C I P）数据

中国 2022 年度诗歌精选 / 梁平主编 . -- 成都 : 四川文艺出版社 , 2023.5
ISBN 978-7-5411-6645-7

Ⅰ . ①中… Ⅱ . ①梁… Ⅲ . ①诗集 – 中国 – 当代
Ⅳ . ① I227

中国国家版本馆 CIP 数据核字 (2023) 第 070401 号

ZHONGGUO 2022 NIANDU SHIGE JINGXUAN

中国 2022 年度诗歌精选

梁　平　主编

出 品 人　谭清洁
责任编辑　黄　舜　蔡　曦
封面设计　叶　茂
内文制作　史小燕
责任校对　蓝　海
责任印制　桑　蓉

出版发行　四川文艺出版社（成都市锦江区三色路 238 号）
网　　址　www.scwys.com
电　　话　028-86361802（发行部）　028-86361781（编辑部）

印　　刷　四川机投印务有限公司
成品尺寸　168mm × 238mm　　开　　本　16 开
印　　张　15.25　　字　　数　310 千
版　　次　2023 年 5 月第一版　　印　　次　2023 年 5 月第一次印刷
书　　号　ISBN 978-7-5411-6645-7
定　　价　58.00 元

目录

A

B

Z

雪山谣

阿　信

雪山啊，
只有在仰望你时，那被沉重奶桶
压向大地的佝偻的身影
才能重新挺直。

（原载《诗刊》2022年2月号上半月刊）

晨　记

安　然

啜饮着晨风
梳理着人世的渺茫
你想象着亿万个清晨
来到你的唇上

甘露轻盈，蜂群歌唱
雪雀在你用灵魂砌成的岩层中
火苗不会因为六月的结束
而离开燃烧的稻藁

时光渗着雨，我读着安德拉德
晨曦在山间笼罩着白玉兰
倦鸟飞出我的梦幻
你心尖的平仄跟随着群山起伏

原载《满族文学》2022 年第 2 期

北京往南

安　琪

慢慢知道方向，知道北京往南，有山东和福建
铁路时而笔直，时而卷曲
当我的眼睛望向树们逐渐转绿的归宿
北京——福建，究竟要途经多少省市请别让我计算
列车时而卷曲，时而笔直
道旁的山、房屋并未因
新春将至而感盎然
你在车上
手捧回乡的心，并未因
故园将至而感欣悦
当我的眼睛望向空气逐渐湿润的所在
北京——福建
我的喉咙深藏百年而不语

（原载《草堂》2022 年第 6 卷）

驼　鹿

艾　蔻

我曾见过万物复苏的初生兵团
在小兴安岭北部
当我迷失在针阔混交林的植物学中

猛然抬头，硕大的掌状角
便是它，驼鹿

我曾反复聆听持续而微弱的神启
它伸着脖子饮水
顺带啃咬一株埃及蓝睡莲
后来，索性潜入湖心
高耸的肩峰拖曳出炫目光影
在半空中久久飘散

驼鹿是孤独的，我也是
喜欢多汁的浆果
喜欢游泳，喜欢在夏季舔舐盐碱
由于想念甚于相见
足够衍生出别的事物
每次它一跃而起
远方的我也不由自主腾空
仰头张望高处

（原载《陆军文艺》2022 年第 1 期）

斑　马

阿　蘅

吹笛人的薄嘴唇
我不愿意
跟着它，跟着永不停息的笛音
我不愿意
跟着掏空内脏的芦苇摇摆

笛音在起作用
笛音里一群麻雀飞起，落下
芦苇们在我身上投下
一片光栅般的苇影，像圈着
一匹年老的斑马

暖风一样的光
从教堂尖顶十字架滑落
吹向她，麻木的疲惫了的耳朵

（原载《延河》2022年第6期）

气　味

柏　桦

那源氏物语的调香师
调出了个人命运的气味
那从此留意气味爱上香水
的人，终成了一个诗人
关于气味，诗人说得太多、
写得太多、抄得也太多了……
人是因为美才对气味产生
兴味的吗？那倒不一定，
人的悲伤有时也是出于
对气味的挑剔，或者犹豫。
一天下午，他对她说：
我为什么不喜欢那个人？
因为她的身体有一种气味。

我喜欢你也因为你的气味。
“名香不可得，何见返魂时”
有谁因不老而不回想起从前？
愿我们的良人走进彼此
不负韶华，享受气味……

（原载《诗刊》2022年1月号上半月刊）

喂　虎

笨　水

老虎回到山中，一座山才会活过来
老虎回到岩石里，岩石才会长出青苔
流水才会恢复古老的流速
老虎走在林间小径上
露水，才会重新打湿我的双脚
每天的晨曦才会让我感到羞耻
老虎遁入露水，露水也是猛虎
百川到海，才叫放虎归山
老虎披着火焰，我才能抵御风寒
站在群山之巅
我看到的落日，才是真正的落日
老虎窜入墙壁，墙壁虎纹一样裂开
为一群老虎所困，我才是你
老虎，跳进我的身体
这肉身的笼子，老虎，你可以吃掉
也可以赦免，如立春后菜地里的萝卜

（原载《边疆文学》2022年第7期）

向阳寨的小院

宝　蘭

因为你要来
我决定在向阳寨建一个小院
只为自己留一条进去的路
所有的平方归你
从现在开始种花，开始等你
我要把这漫山遍野的花籽采回来
我要借她们的美，借她们的时间
我要让这里的每一寸土地都覆盖幸福

我开始学习阳光是如何和花相处
不能太过热烈，不能让你寒冷，不能让你知道
我等待太久已经忘记了想要的答案
我每天对着满园的花说，不要开，不要开
你不能为了完美就只活这一天

而我是你摘下的那朵花
我没有给自己留退出的路
只想让灵魂在与你的亲近中净化
最近不断有人传来闲话
说我的小院装不下你，装下你需要一个时代

（原载《钟山》2022 年第 4 期）

一闪而过

白　麟

回老家的次数越来越少
这次车从门口一闪而过
自己竟没想着要停留一下

不光是沉湎于月色的故乡
入土为安的父母
年少的轻狂，懵懂的爱情
连愧疚之心
也都一闪而过

老家越来越老
门前的石头河老得只剩下一把骨头
屋后的梨园涝池山泉
还有村口的油坊、河边的磨坊
也跟随外婆的小脚
不知去向

半生奔波，一闪而过
血脉里的激流也一闪而过
我和故乡
不知谁是过客

（原载《星星·诗歌原创》2022 年第 4 期）

青铜之我

包　苞

一种青铜器叫“我”，
这是我第一次知道青铜之我。

青铜之我，无我，
有的只是一双手，握着一柄戈。
但无我之我，
显然我在。

真佩服古人，
把一种力量铸成了青铜。

和我对视，
无我之我更像一种
不可摧折的士气。

忽然想到
“王于兴师，修我戈矛。”
所修之“我”，应该就是青铜之我。

青铜之我，
排在戈矛之前，
像众我之旗。

时间的风劈面吹来，
满身的铜锈

纷纷掉落。

（原载《延河》2022 年第 10 期）

转身走入苍茫

北　乔

一盆水仙花，让
窗户真正成为一间屋的眼睛
那条红色的纱巾，钻进我的心里
是彩虹，也是火焰
我的心跳趴在窗台上

这条小巷很长，很直
来来往往的人们，手里拎着生活
目光飘在半空中
我是一名过客，所有的地方
都被我称为一个个曾经

前面有很多路，通向
城乡、村庄、山间的小木屋
我回头眺望小巷里的每一寸阳光
转身，走向下一个地方
只有苍茫陪着我

（原载《诗刊》2022 年 8 月号上半月刊）

秘密的路

白小云

树叶环在头上，一阵儿小跑后
又一阵儿小跑，头发披在风中
裙纱跳舞

在这里，我们不讲究
头戴的是不是花环，手拿的
是不是玫瑰，身旁的是不是我们

叶子干枯，碎影子贴在额上
像闪烁的祖母绿鸡心
这误会是我们故意创造的
就像你腰间佩戴着树枝，看起来
和勇敢的骑士没有两样

我们互相赞美或者不赞美
手拉着手或者不拉，清晨已经错过
树林里松鼠们正认真练习
使用毛茸茸的大尾巴反复降落
露珠已经干了……我们没有理由
再互相讨好什么

在这惬意的时刻，我们不要争论
就这样悄悄地，做好一对路人
毫无疑问地，向深邃处起飞

（原载《山花》2022 年第 2 期）

致樟树

冰　水

每一棵樟树后面都有一场雪。
每一场雪中都有一个古老的村庄。
这就是江南，这就是
一种润泽和恩赐……

樟树的嘴唇说不出它的任何一个想法——
流水湍急，季节根深蒂固，石头
释放出光线的脆响，
落进肥沃的泥土，落进晨昏。

没有一场雪会在它的梦之上
吸尽它从未说出的语言。正如
风吹来隐隐的钟声，相会与别离
都伴随着樟树和樟树的芳香，
它们轻轻摇曳
它们充满我们。

（原载《西湖》2022 年第 10 期）

美妙的感受

车前子

“莎乐美不想结婚。”

莎乐美不想结婚。
听到了吧，不想结婚的莎乐美
就是不想和你，不想和你们结婚的

火车蒸汽里最睿智的她，
超过挡马尼采智商：
沉浸式的思想游戏，
女性没有鞭子，纯度更高。

被捋掉绿叶的二十一世纪，
上帝在老生常谈中
死了；而惊艳的
莎乐美“不想结婚”

莎乐美不想结婚。
莎乐不美也不想结婚。
莎不乐不美也不想结婚。
莎士比亚不乐不美。

（原载《扬子江诗刊》2022 年第 6 期）

枯

陈先发

每年冬天，枯荷展开一个死者的风姿
我们分明知道，这也是一个不死者的风姿
渐进式衰变令人着迷
但世上确有单一而永无尽头的生活
枯的表面，即是枯的全部

除此再无别的想象
死不过是日光下旋转硬币的某一面
为什么只有枯，才是一种登临

（原载《花城》2022 年第 1 期）

我们该如何收集雨水

池凌云

这个夏天，我们几乎已经忘记，
牛羊如何吃草。那匹出生不久的小马驹
在高高的山上，跟着它的母亲，
小小的蹄，踢着泥地。
群山涌出静谧。随之而来的
薄薄的水幕，在带裂隙的河床移动。

一场雨，赐予我们一面新的镜子。
而我们该如何收集雨水？
干涸，让地面的裂痕有了新的图案。
缺水的鱼，结束了无声的祈祷，
现在不需要再把它们之中的某一个
区分出来。而我们
也已经放弃了很多。

不知道我们失去了多少河流，
烈日已把夏天变成枯枝的花园。
我们找出所有可以储存水的器皿。
而等待让我们变得不安。
你的喷水器怎么样了？造成我们渴的

一种，是水流的信息。一些致命的渴，
在河床深处。

一些开裂，在水底与枝头
它们都在接受加热。一种命运的
降临。天鹅绒般的沉默
在向下延伸。我们无法去测度那裂口，
唯有熄灭灯光，打开四肢。
我们张口，给一处洼地传送人声。
给玻璃罐装满雨水与泡沫。
人和雨水闪烁着，最小的，也得到了留存。

（原载《草堂》2022 年第 11 卷）

杭　州

陈东东

拖着一拉杆箱互映的漩涡，漩涡
转喻着一次次兜转。当杏脸迎上来
酒窝仿佛豪华浴缸底稍稍抬起了
金属塞晶亮，渗漏浴盐搅混的一池
水，泡沫时光也婉约，肖形真时光

说不定在心头一路叩长头，说不定
是返喻，眼波的明灭像一种无意识
捕风捉乱花，到绿杨阴里白沙堤
盘桓，已稍迟，倾情于向心力仅够
回盘，却无从以五体投没进自我

一辈子必得有那么一趟，你知道
凭出错的明喻，你必得转山般萦绕
湖之镜，像围拢一餐火锅，撩拨
把倒插入镜中幽深巅顶的一株仙草
盗取给人们。而人们骑在这星球上

说谎，染绿这杯水的肉身……所以
你想，别管那谐喻，这相悖的朝圣
一定会抵达热爱效颦的红尘之美
又何必笑娼，啸侣逍遥，又能不能
校对好尝试着用新诗承接三变的

酩酊乌托邦？柳浪即言志，乘醉
听箫鼓直至闻莺啼，阴帝之花湿处
泪雨逗溅开两三点曲喻。补天石
遗此，未及补缺自天堂穹窿投下的
反影，哦虚拟的遗产，虚拟的形胜

那么你和他齐偕，然而并不着四六
穿越至往昔的野人村残照，见野人
小野人忙忙乎琢磨着比喻的玉卮
今宵酒醒何处？行李间滑出的游客
正呕吐。正跌宕，沐洗一轮假日

（原载《草堂》2022 年第 1 卷）

扔

陈小三

初冬的拉萨河一边裸露出卵石
一边用清澈的蓝布盖着剩余的卵石

喜马拉雅群山建筑的天空
一只鹰飞出来后

只剩下窗

我想把一颗卵石扔进天空
在无法保证它不落回头顶

进入群星轨道前
没有出手

把它轻轻地放在河边的
玛尼石堆上

（原载《青春》2022 年第 4 期）

譬如朝露

陈人杰

早晨，隐居在光线中的圣殿
朝露，黎明的银耳环

一头母牦牛，热吻这片刻温存
雪山涌出，星月隐没
你又在碧空下
多少泪水源于自身
我的左眼看不见右眼

（原载《青海湖》2022年第2期）

冥　想

车延高

非常清楚，浪花不是莲花
礁石还是归静，一动不动的打坐

远处，剃度了大海
或刚刚被大海剃度的太阳，披一身袈裟
佛光普照

没有木鱼声
潮水用它的方式诵经

我坐在一朵浪花上冥想

苦海到底在哪里
一颗心滴血，能不能长出干净的莲花

（原载《上海诗人》2022年第1期）

界　河

沉　河

1

我记忆中最小的界河也是最短的存在
它因为早已消失而变得可疑
我在它的故道上盖上新楼，建了小园
用了父亲的旧址，名为守界园
它曾经流淌在贡士和新林两个
生产大队之间，北通天沔，南下岳阳
小时候，它在我家屋后，我面向太阳
苏醒。我是贡士大队的孩子
在贡士小学上学。对岸是新林的孩子
去新林小学。两岸的小学生们
早中晚隔着平缓的河水打嘴仗成长
语言越发伶俐，行为越发粗鄙
小河没桥，只有一个萧瑟的渡口
艄公在对岸管理着公家的小猪场
听见人唤，便搓搓双手，拿起竹篙子
下船。夏日清晨，妇女们在各自岸边
浣洗衣服，棒槌声有节奏地响着
一个比一个好听。夕阳西下
整条河流在辉煌中慢慢沉没于树丛
我十岁那年，这条小河仿佛一夜间
被推土机推平，第二年春天，小麦
便完美地覆盖了它。纸童话的时代到来
我成了新林的孩子，上了新林小学

仍旧是那个矮小腼腆的三好学生，不久
有了新的小伙伴们。关于此次变化
最深的遗憾是今生再也没有见过
小学同学黄小芳，我们一起演过节目
她还在贡士读书，希望她读完了小学

2

我见过的最大界河在西双版纳的
布朗村。它分开了一座山，隔开了
两个国。对岸，人们穿着与我相异的
衣裳，发出听不懂意思的呼喊
望远镜里，他们的笑容却与我的一样
像界河里一刻不歇的波浪。彼岸的土地
也生长着此岸的植物，开着相同的花朵
一只鸟在河面上飞旋，好像在选择
回哪个国家的树巢。流水湍急
也阻碍不了一条鱼的自由。夏天
对岸的风吹过来；冬天，再吹回对岸
只有云在两岸的天空上游移，瞬息万变
这是真正的界河，是象棋盘上的界河
岸边摆放着兵卒，卑微而只有一条死路
上善若水。哪里有危险哪里就有拯救

3

我最喜欢的界河叫蟠河。此刻我正站在
它的北边。北边是湖北新店镇，南边是
湖南坦渡乡。一座古老的石拱桥
连接了两岸：北边是石板街，南边是水泥路

我们都是两岸的异乡人，在其间愉悦地
穿行，走向对岸的深处，陌生地
完成一次短暂而奇妙的跨省旅行
地理的界线被跨越后，精神的界限
也得以突破。喧闹的门面后，田野上
熟悉而不知名的植物疯长。居然想到
张志扬先生的名篇：《个人的真实性及其限度》
此地我唯一认识的主人介绍说
这是万里茶道的源头。赵里桥的砖茶
在此地装船，过黄龙湖，到长江，下汉口
再翻越千山万水，到河南、山西、甘肃、宁夏
内蒙古、新疆，俄罗斯西伯利亚
它在中国江南
温润的土里生长，安慰北方枯冷的胃
它是游牧民族和农耕民族的界线
我忍不住捧一捧河水，闻到了清苦的香

（原载《雨花》2022 年第 9 期）

逃亡记

曹　东

有时我的身体是一个狱警，我的灵魂
不过是一个逃犯
它们的距离
正好等于一次噤声
另外一些时候，我的灵魂变成了狱警
身体却是一个逃犯
不得不把自己，从人群中

用力拔出来
身后留下，一个比人世还深的盗洞

（原载《鸭绿江》2022 年第 9 期）

吹气球

草　树

他终于意识到自己
这些年一直在吹气球
吹太大，几乎在无声中
爆成一地碎片

碎片无一规则
瑟缩而脆弱
无数张脸无数个家
悲催不堪的缩影

保靖到吉首的高速上
他一边开着车一边向我
吐露他的内心
一座飞驰的告解室

我不是神父，只是看见
一个穿着羽绒服
或梦特娇的刘备
如何变得脆薄

当初我给他的美誉

他把它吹成碎片
现在孤零零站在大地上
腮帮酸化作无尽悲伤

（原载《广州文艺》2022 年第 1 期）

词的场域

尘　轩

一些词同我一道出生，抽出芽叶
离开词典，爬上母亲额头
一些跟在我后面，成为你的脚
从远处走来，踩出一条小径
我告诉一些词，在路的一端等你
成为指路牌、胎记，或灯塔
一些词扭开灯，圈亮一块空间
自此繁衍，把炊烟捋直
母亲坐在光亮中，缝补一些词
我如一团毛线缩在角落，缠绕一些词
夜里，它们被折叠齐整放在枕侧
成为睡在我身边的意象，进入诗
清晨再穿上身，成为发肤与信仰的内容
父亲拾拢干的柴，点燃最早的炉火
词一晃动，泪就上涌
洇湿看似多余的苦难
一些词筑成大坝，拦住另一些的去路
汹涌的，被及时叫停
不是所有词都希望走进一首诗——
我想拿掉“我”，以及“我”的语气

让一首诗透明，像玻璃的堤坝
隔着它，能看清那些水如何离开河床
我尽量不让一些词站进队列，和另一些
混淆、拥挤成另一条河流
在分叉处，不让符号轻易改变它们的本意
一些词尚显粗糙，没有经过谁的修整
为建一个屋宇，它们有必要成为我的宅基地
并为此构建一个新的场域

（原载《草堂》2022年第9卷）

橘 颂

陈新文

悬挂在风中的橘子
比我的言语真实

准备甜蜜交谈的橘子
对酸涩有着格外的隐忍

日子在橘子中一瓣一瓣打开
有核无核都会过去

（原载《星星·诗歌原创》2022年第6期）

锦衣夜行

陈巨飞

月亮探出头，云帐镶了金边。
下棋的人早已散场——
一头象离开棋盘上的危险，
在窨井里，写生活的
历险记：谁在夜里独行？
在有名的街道，他没有名字。

他没有花朵，也没有春天。
你却点燃他，一堆篝火，
一封旧信。他流过泪，一滴
两滴，像举棋未定的天气。
像悄然去远方的车辙，
泄露秘密时，遇到泄气的对手。

谁都想翻盘，除了车轱辘。
谁都想赌一把，窗户的铰链
却不服输，要一次次地
把风推出去。最后，他成为
你的反作用力：每一个碎片，
都有镜子过河后的锋利。

（原载《红豆》2022年第9期）

收信人

川　美

你来信问："你不记得我了？"
我回信答："我无法确定记得的你是你。"
之后，我们的通信就中断了
像两个因战争而断了音尘的人
现在，面对一张闲置的邮票，轮到我问：
你还记得我吗？
你还给我写信吗？
我把这两句话用楷书抄在打印纸上
又找来一个牛皮纸信封
在收信人的地方写上我自己的住址和姓名
在寄信人的地方只写了"本市"
封好，贴上一张1995年版的1元邮票
坐七站地铁去离家很远的一个邮局
郑重其事地投进邮筒
第二天上午就收到了回信
太快了！那么快，来不及等待

（原载《诗刊》2022年5月号下半月刊）

夜宿云合

程　川

像漩涡、漏斗……深渊，带着低谷，向盆地内部渗透
高高在上的事物惯于仰望里

临摹一座阴影教堂，安放残阳的递进和转折
而虚妄的水分持续溃败，历经整晚
通缉了我的睡眠
有时是寂静与焦灼的关系，有时身不由己，有时悲戚
像被朔风比喻的战栗
塌陷时，我胸腔里的核在枝头颤抖

（原载《四川文学》2022 年第 6 期）

孔　雀

程　维

从背上打开一把折扇
我怀疑孔雀体内藏着一个书生
尤其擅长丹青，属于好色之徒
生得雌雄难辨，大摇大摆也就罢了
不可能抛弃过去美的前嫌
捡起一地羽毛当令箭，射中
哪一个红颜，都会伤透了心
把邻居吓得芳容失色，这不怪你
我的行囊里还有百宝之什
拿出来，可以守住一座空城
你看那把孔雀扇，上面画着花押
和各种胡乱的犯人，一副纸手铐
扣住一园子山水，令东家为难
左右不好分作半女或半男
你再啰唣，就掏出这颗雀胆
镇不住石头，也拍碎一把纸屑
算是没将扇子白白撕掉

孔雀开屏，自行车拖着降落伞
美人用劲，伞一开一合
再用劲，就被她的美累得不行

（原载《诗收获》2022 年夏之卷）

每个人

陈小平

一年又一年
兄弟姐妹们各自搭建房屋
爱过的女人移情别恋
在本月结束前，他们都会走
每个夜晚飘进我书房
溢满睡梦的星座，将会离开

而我
比秋天的蓝忧郁
比散逸在身后的时间
邈远。比这个没人敲门的
周末，挤在回忆里的残片
零碎
我不得不重新练习发声
学习用这些年撕破了的嗓音
唱歌，对着陌生的人群
背诵遗忘了的名字

（原载《星星·诗歌原创》2022 年第 10 期）

恩典与踉跄

朵　渔

一个生活里的好人，总是写得很凶狠
一个油头粉面的家伙，显得主流又清纯
一个不信神的人，却在呼唤天使的降临

道路荒芜了，这雾中的事业必将通往
最后的审判，穿过这些相互倾轧的石头
一切都在溃败中，无物幸存

有时你不得不承认，这些踉跄的诗意里
也有某种人生的真相，就如同在那
魍魉的世界里，也有两克拉的灵魂

在夜的顶峰仍然清醒的人们，就不要再睡
在黎明前睡去的人们，将永不会醒来
而出于谦逊，你还不愿成为那先死者

你在内心唱着一支与众不同的歌
他们只看到了洋溢在你面孔上的微笑
尚且不知你内心的坍塌已被恩典填平

（原载《长江文艺》2022 年第 2 期）

白　鹭

大　解

一只白鹭，在水中迷惑于自己的倒影。
像两个丫头相互梦见，却不敢相认。
白鹭依稀看见了自己的姐姐，
她的忧伤恍惚，她的眼神多于幻觉。
白鹭，身穿羽绒服的白鹭，
飞起来那一刻，
天空忽然化成了水，扩散出一圈圈的波纹。

（原载《中国作家》2022 年第 4 期）

清明夜祭

戴潍娜

我可以盯着火光一直看下去
那是你我唯一相见的方式

早于谋面，你我的名字已有寓意
先人在颓垣上播种山骨与琴音
生命流转，似击鼓传花，花目前在我手里
——它也曾在你体内怒放。祖先，
我向你许下好多世俗的愿望，更多时刻宽慰
鬼的怅憾

我们不断迁往新的荒原，沿途祷告——

遵从文明祭扫，请务必通知祖先：
更换了银行网点。晚风杂着香火，
你们比风到得更早。
在一堆金元宝与银钱灰烬里我捉到
祖先的脚印

今晚我约莫烧掉了九百个亿
冥币被火舌蚀刻成另一世界的电子货币
我暂时无能解析黑暗世界的物质转换定理
恰如对此刻世界背后的运行动机终感无力
只有关在一棵树下，一间工位，一所房子里
焚烧自己；只有在封建迷信中领略民族大义
火焰带来史上最丰饶的表情

我可以盯着火光一直看下去
就好像可以一直活下去，就像祖先一代代死去
我呱呱坠地，扮演与世界初次邂逅的少女
鬼晓得，为了一刻相见，
我们定是烧毁了几颗星星
掩埋了数座青山，才有了灰烬之上的交谈——
这交谈持续了一个世纪

（原载《作品》2022 年第 6 期）

过响水

灯　灯

响水不响。风车在风中守住孤独的内心。
和无边的麦田相比，我还绿得不够

生机得不够，我还孤独得不够沉默得
不够。一只喜鹊
带着白天和黑夜同时在飞，低飞的姿态
使坐在石头内部的人
调整坐姿
花果山上云层翻滚
雷电和冰雹
在人间往返——

我多次出入河流，和河流讨论生的章法
我也曾多次，和河流交换过身体
说到某个章节，和结局

响水不响，水在水壶中沸腾
蝴蝶压低双翅：群山，递来我们熟悉的回声。

（原载《诗刊》2022 年 1 月号上半月刊）

抱　猫

段若兮

祖母绿中燃烧着熏金，熏金中浮着铁锈的，是猫的眼
漆黑的是她的衣裳，苍白的是面孔
苍白如一件银质的遗物

画中，她抱猫端坐。衣裳的黑色和猫的黑色溶在一起
又全部涌入夜色。而夜色
是光阴和传说的翅翼

祖母绿中燃烧着熏金，熏金中浮着铁锈，猫的眼
——射穿画幅的两枚弹孔

于是，她的脸色更为苍白，碎银沉入冰中
身体坠入夜色的漩涡。惊叫中，她松开了手指

猫，从画框中逃了出来

（原载《飞天》2022 年第 3 期）

只有我的蜡烛在燃烧

缎轻轻

> 无边的山谷中只有我的蜡烛在燃烧。
> ——斯蒂文斯

一天天，难寐与早醒
如何选？
两片绿叶坐立不安
总有一枚贴在我的鼻翼下
随呼吸起起伏伏

睡在沟里，流沙从身下穿过
梦里有鬼有仙，我痴
披挂一身褐色树皮
在水气缭绕中漂浮——

彼岸的明镜啊

水草在滩涂里缠满人的倒影，
女人怀抱婴孩
垂面向中年，她的失语里，时间乱序
一株蜡烛在大风中摁住头皮
群山不响，深谙奥秘

（原载《诗刊》2022年11月号下半月刊）

一见倾心

代　薇

人与人之间
在不熟悉的时候
总是容易一见倾心
那些深陷热恋中的人
就是还缺乏
彼此了解的证明

爱像生命一样无常，只是
比悲伤更咸
爱里面有讨厌
密不透风的直觉以及
亲爱的敌意

（原载《诗刊》2022年9月号上半月刊）

想想石头

冯　晏

想象力与理性相互折断，自残性的
昨夜因缺失阑尾的猛然提醒
你第一次对星空吸烟，分裂性的
虚设一口村井在身旁，解决干渴焦虑症
致幻，治愈，神经性的
你无法存电，反复买大功率移动电源
带照明灯那种，问题出在哪儿
紧张症舒缓下来的方法还有许多
想想元，身体每天被 3D 打印出来就好，
未来性的。避免继续绷紧，被撕裂
周末躺在一片白沙上，磁场一角
汇入被回忆救赎的人群，自慰性的
走出心事未解的密室纠缠，想想石头

（原载《作家》2022 年第 10 期）

橘　花

冯　娜

白色的候鸟即使不鸣叫
也知道自己的声腔，涨满季风带来的骤雨

香气的本能不是为了闻嗅，而是弥散
陌生人，请抛下探访深渊的念头

用花茎报信，尤其天真

亚热带的水果将运往渤海的码头
穿化纤衣裳的男人，会扛起曝晒的东岸
橘子，贫苦年代的手掌
摩挲着远方沙地析出的糖霜

陌生人，不要羡慕白色候鸟
不要在雨地里深深呼吸
橘树清点过自己的财产，顺着异乡的海路
在未成熟的果实前
花是禁忌的船舱

当鸟不再蓄力起飞，而在坠落
陌生人，土地接纳了所有羽毛
在往后的漫游中
你闻过的味道，都将成为眼睛

（原载《诗刊》2022 年 8 月号上半月刊）

祝　贺

甫跃辉

我祝贺你童年美好
因为许多年以后，你会为
那么美好的日子永远消逝了而叹息不已

我祝贺你遇见爱情
因为爱恋会让你体验欢愉，也会让你体验到

人和人是怎样在彼此之间制造出沟壑

我祝贺你进入婚姻
因为这会让你更理解家的温暖
也会让你明白，争吵和冷漠可以无缘由地产生

我祝贺你生儿育女
因为孩子的天真，是全世界最后的救赎
也会让你感受到，一天天的成长正意味着远离

我祝贺你长命百岁
你让生命走过一个个白天和黑夜，也让一个个
生命离你而去，你的孤独明亮如繁星

我祝贺你寿终正寝
这是最后的时刻了，你喃喃自语却没人懂得
你闭上眼睛，却看见流星坠入眼中蔓延一片野火

（原载《草堂》2022 年第 3 卷）

拼图游戏

古　马

象牙还给大象
黄金还给老虎
丫角还给小鹿
聪明还给狐狸
蛇还给巫婆，巫术
还给消失的恐惧

露水还给草叶
鸟的歌声还给云杉和松树
小松鼠抱着松果的快乐
清风传遍森林
把森林里“叮咚”的泉水还给你的眼睛
把你眼睛里的天空还给我的心

我的心
我拥有和你一样的快乐

（原载《扬子江诗刊》2022 年第 3 期）

己亥春日，晋北街头遇雨

谷　禾

两滴雨之间，一瓣杏花
飘落，潮湿的香气弥散上
单车少女的脸庞——她独自骑过
街巷时，有喝彩传来

我因此爱上了她。以及她发梢的
青灰瓦檐，汪着水的马路
更多树枝隐入远雾，苍茫的云林寺
与现实仅隔一道残破土墙

长城下，古道边，金戈铁马
已远去，唯唇红齿白的杏花
一遍遍地望向风中走西口的汉子
漫漫沙尘结成高高土塬，痴情的女子

再也没等回她的心上人

而雨不停歇，春风里呢喃着
要唤回遍地青草，要去年的杏花
回到枝头。乱云蜂拥映出她的

心事。这也是我在街头所见
一群去往春天的孩子，灿烂的容颜上
倏忽闪现一朵朵杏花的幻影。

（原载《山花》2022 年第 2 期）

苞谷地

干海兵

打猪草的青衣女子
在白云下面，白云苍狗
在花椒树树枝架起的篱笆外面
高一声低一声地叫

白云苍狗，让我想到了古羌
倏忽下山了，倏忽上山了
古碉上的石头长出了翅膀

而那些落在苞谷地中
古代阵亡的箭头，化作最肥的歌谣

苞谷地顺山势而下，萝卜寨
牵着它们呼啸的绳子

北面七亩三分，南面五亩六分
这是风心甘情愿跌倒的地方

（原载《四川日报》2022 年 11 月 25 日）

借 用

郭建强

玉虚峰和玉珠峰是兄弟吧
同是玄圃的卫士，天地的看护人

在昆仑行走的时候，我漫不经心地想：
大概有很多同道就在我的身边，无关远近

他们也许很高峻，也许就是脚下的碎石
来自天幕燃烧的时刻，化为不同形态

喝一杯吧，安静的你
我在用你的灵光观赏落日沐浴。

（原载《十月》2022 年第 3 期）

画

嘎代才让

半夜三更醒来
漆黑一片，继续睡

一遍又一遍，鼓足勇气地睡
没睡着

从来没睡过一次好觉
唯一应该做的，起来看看女儿

她足够爱我
她的爱，简单得让人悲伤

深夜，我不应该走神
应该替女儿画一幅画

这是她想到的，莫里斯·桑达克
长发，爱莎公主
这是她听到的，迪士尼，巴黎儿童城
卡迪米尼
这是她看到的，哈根达斯，芬迪
宫崎骏，几米

这是她拥有的，作为诗人的父亲
和一个跳舞的母亲

我仔细想了一下
还缺个，南瓜马车

（原载《民族文学》汉文版 2022 年第 6 期）

夜雨寄北

高鹏程

此刻，夜雨中的窗口更像一座码头。
窗沿的海岸线。烛台的礁石。

而蜡烛是一座微型灯塔，
彻夜燃烧。

此刻写信或者眺望。
想象你归来，带着一身深海的气息。

像一条船靠了岸，黑色的橡胶轮胎
碰到了码头边沿
你微微倾斜的嘴唇搁浅了。
溅起的浪花，打湿了她一侧被烛火映红的腮边。

（原载《中国作家》2022 年第 7 期）

醒酒记

高春林

我在灸艾，也在看向窗外通透光线下
的寂寥——你们声音来时，我颈椎似乎
还在僵着，瞬即，我感到酒的度数
漫过时间栅栏，温热秋天的眉骨。

我们彼此看了又看。火车穿过鲁山
隧洞时那险峻的秋色指定是漂移着无视
甚至挑衅了黑暗而有一个抵近——
光抵近着光，如同词抵近着亲近的词。

这几日不能眠，在医院、针灸与憋闷空气
之间辗转。还为一位逝去的友人涂了
一首子夜诗——他说诗在大海——我们
也一同看过大海。我就想，如同拥有
一扇窗，一个拥有词的人自有海的辽阔感。

秋天的清澈在我们的杯子里晃了又晃。
这时适宜漫游，我的困顿在于
走出自己……不再是赶考——
酒在醒神，酒也在酿我们时间里的鱼。

（原载《作品》2022 年第 9 期）

罕台川的春天

广　子

罕台川的春天
离罕台川还有二十公里

时光潦草，春光踉跄
梦想的后备厢里
还储存着一把诗的镐头
可以用来敲打空旷的河床
逼着石头交出玉

但我不能交出所剩不多的浪漫
为了一个轻率的承诺
我愿意向青草弯腰，朝远方低头

我们离春天的路途
不会比罕台川更近
请扔掉手中幻想的镐头
请一阵大风将漫漫黄沙运走

（原载《草原》2022年第2期）

我没有历史，但我有记忆

韩　东

那个地方没有历史，
就像我没有历史。

那里的树最粗不过碗口，
树龄超不过村上最老的人。

没有古物，没有传家之宝，
甚至也没有封建迷信，
精神世界和那儿的大平原一样平。

村上没有人认识字，
但生产队长会写自己的名字，
会计会看秤星。
或许有一些技术暗中相传，

比如盖房和杀猪。

村子上也没有音乐，
没有半导体收音机，
甚至没有广播。
有一只铁皮喇叭，
每天喊工用的。

没有电，更无各式灯笼。
油灯只有一种，墨水瓶做的，
插一根棉线捻的灯芯。

捻棉线为了纳鞋底，
倒是家家都捻，家家都纳，
妇女大有作为。

男人抽的烟是自己种的，
旱烟，大烟叶子晒干后直接揉碎
塞进烟锅里抽。

男人的烟袋，
女人的线锤，
孩子的鱼叉，
老人的粪箕，
武装到牙齿。

说他们是半坡村人你也相信，
五十年前
那个地方叫见南一队。

（原载《长江文艺》2022年第11期）

你好，忧愁

海　男

法国小说家萨冈的小说名《你好，忧愁》
那个冬天，想起来，已经太远了
有微雪撒在屋顶和山冈的斜坡小路上
有几个人正在小路上聊天，有人弹下了烟灰
有一条黑色的土狗从小路往下奔跑消失了
我坐在客房的露台上，翻开了萨冈的小说
突然想吸一支香烟，眼睛却在盯着书名
曾经锁在抽屉里的情书已经发霉了
曾经让我动过情的名字不再维系我的日常生活
我不再想翻开书往下读。那天上午
我沿着斜坡上的小路往上走时毫无目的性
就像此刻，多年以后，我重又看到了这本书

它静静地在书柜中成为我的一部分枝蔓
《你好，忧愁》，窗外的落英以凋亡正在新生

（原载《绿风》2022年第2期）

某邮驿遗址

胡　弦

你想给空无写一封信。
你的信寄到那里时，那里

会有一座房子：有人
为了接收一封来自未来的信而提前
等在那里……
“许多年后，当我们已不在了，
是否还会有问候传来？”
你仿佛在给天堂写信，
有时候，你真希望天堂里有个人
给你回一封信。
你站在那里，抬起手，向着空无
敲了几下，像在敲一扇门，
你甚至在心里问了一声：“有人吗？”
回答你的是风，和一树繁花。
后来，你站在一座仿古建筑前。
真快呀，你的感冒还没有好，
春天就到了。

（原载《长江文艺》2022 年第 6 期）

纸飞机

黄　梵

它反复飞向远方，梦总是夭折
反复托举它的空气，总在它翅膀下叹气
它不甘心只做一张白纸
不甘心一直被人用笔尖在皮肤上纹字

它要像古人那样登高，看清自己的命运——
为何没有写字的白纸，都留给人写誓言？
它要捡回鸟儿丢在空中的脚印

它要坠落时，也有鹰的优雅

它替很多孩子，长出了渴望的白翅膀
不经意，就飞得像一只白鸽
它飞翔时，从不愿看清世界
宁愿闯入马路，被汽车撞成重伤

有时，它也像飞机会失事，一头栽向河水
成全一个男孩数分钟的忧伤

（原载《扬子江诗刊》2022 年第 1 期）

影　子

何　苾

倒春寒的日子，
夜色一片冰凉。
失眠的窗口，一双睁大的眼睛，
凝视着寂静的灯柱。
零星过往的每个人，
或许都是我前世的知己，
不然，此时此刻，
我不会目睹他们的脚步，
为他们送行。

我要入梦，
捡起一张张脸孔，读懂一副副面具，
夹在过时的日期里，
注解每一个影子的意义。

也许，生活的真谛在影子的里面，
而我只想躲进阳光，
露出影子的反面。

倘若半夜三更，
你听到白昼的呼吸，
你的影子并不是黑色。

（原载《延河》2022年第7期）

我有一把卷刃刀被人间所困

韩文戈

小个子叔本华强大得让我恐惧
哦，不是叔本华让我恐惧
他引领着我测度了人的深渊
自此，只有自然和自然的艺术才带给我意义
叔本华有一双洞穿深渊的目光
犹如他深不可测的独居

投水的策兰用赋格向我演示了死
不是策兰，是他的诗呼吸着死亡的呼吸
他研磨犹太人的骨灰写字
是间歇式疯狂的人类带给我不安
我只得转向乌托邦，浩大的星空，神
那里有我重构的故乡

少年起，小个子鲁迅就让我绝望
不是他制造绝望，伟大的爱恨铁不成钢

他的刀永恒逼近并无起色的人性
现在仍站在人的边缘，他冷峻如鹰隼
注视每个出窍的灵魂，众人掩护着众人
完成一场物质主义夜色下的集体逃遁

（原载《草堂》2022年第3卷）

母　亲

何向阳

那一夜我们围坐一起
有人提议讲讲我们的母亲

一人沉吟：我是用土豆养大的
母亲捡拾的半筐土豆
日以继日，我长成今天
而她的今天却和土豆埋在了一起

一人平静地诉说老房子的故事
窗棂的木框已经变形
四壁的白，简易的桌椅
沙发上坐着的母亲手里拿着一只苹果
脸庞苹果一样的光泽跟随了她多年

一人沙哑地开始，拿出一帧照片
“母亲留给我的，我无从一见的外公”
那天是他的忌日，她指着上面清俊的男子：
“这是你的外公，也许你应记住他”
“为了你今天的日子，他最爱的女儿曾经将他背叛”

一人始终不语，沉默的她想起童年
趴在窗台等候母亲身影的出现
她担心母亲某天会从街角突然消失
恐惧与祈祷交叠，她慢慢变成了一个孩子的母亲

那一夜我们坐在炉边，静守火焰
母亲也许来过，也许刚刚从我们对面起身

（原载《长江文艺》2022 年第 10 期）

这里曾经有一座小庙

韩玉光

庙已拆掉
很多年了，仅剩下半面破败的墙壁
挺大的一个佛字
也只留下左边的一半

好像是故意留下
一个站着的人
也不吃，也不喝
也不睡
仅靠记忆
活了下去

（原载《延河·诗歌专号》2022 年第 1 期）

镜中记

华　清

首先出现的是一只猴子，而后它
戴上了一顶帽子。这是一个意外，当他
洗完澡，整理好凌乱的毛发，刚好
有一场歌舞开场。他一个激灵
就轻巧地站上了树梢，不，是胡桃木
做成的一枚高跷。

他向上做了一个手势
发现了那个对面的模仿者，有着与他
一样丰富的表情，他下意识地
让帽檐向下，但瞬间又好像意识到什么
当他把手指抠向那幻象
一个令它惊讶的事实出现——
这沐猴而冠的家伙来自哪里，他缘何

用困惑而武断的手势拍着他。他们像老友
互相致意，有求必应，默契如一双孪生
它走来走去，时远时近，左右移动
细细打量它多毛而丑陋的手掌，如是者三
之后它终于明白，他，就是那个有生以来
不曾认识自己的怪物，来自梦中
或是撒旦所指引的黑暗处

（原载《大家》2022年第2期）

出生地

黑　枣

我知道树有话要跟我说
一片树叶接着一片树叶落下
一直到我停下来，跟它面对面地
站了一会儿
它站得笔直，我也站得笔直
它一脸严肃，我也表情诚恳……

使君子也是。一朵花一朵花地落下
前脚刚打扫干净，后脚又掉满一地
我只好告诉它：真香！真好看！
它“咯咯咯”地笑个不停
好像世上的人们都喜欢说恭维的话
只有我说的是真的。

我知道，自己也时常撒谎
坐立不安，手脚无措
昧着良心地笑，猫哭耗子般地哭
在这个别人的世界上
我装出一副很老练的样子
像个二房东似的
把暂居的房子转手再租出去……

只有在这里，我获得安宁和满足
植物是不作假的
随季节枯荣，不卑不亢

出生地是不可更改的
沧海桑田，我始终闻得见
一丝夹带着穷酸气的味道……

（原载《青岛文学》2022 年第 2 期）

花儿与少年

胡茗茗

她掏出钥匙开门的一瞬
脱掉透明高跟鞋
扔掉外衣、化妆包
把头埋进枕上，当两只猫依偎上来
——无条件的爱，让她突然泪流

一株茯苓，在石头缝里
挣扎开出了花
一棵山药在沥青路上挣开裂缝
它们随风摇曳的样子
像人群中静默的思想者
像必须致敬的某个女人
她用不经意的美装点男人的世界
她把白雪塞进天地的酒杯
她把根扎进石缝，又不让你看到根的扭曲

嘘，附耳上来，告诉你
那些花儿呀，她在撑开裂缝的同时
撑开的还有你看不到的大星空，那里的闪亮与隐约
曾让一双双采撷的手，因为不忍

而一次次缩了回去

（原载《诗刊》2022 年 11 月号上半月刊）

日喀则

贺　中

宝贝之地！那座庞大的金庙
忽然进入越野车窗，在庄园温暖的夕光中
引动一阵热泪——
——大群白鸽子刚好擦过市区上空的蓝云

（原载《诗刊》2022 年 11 月号上半月刊）

站在砖墙上的父亲

霍俊明

我一次次转过身去
如同多年前
矮小的父亲
站在渐渐高起来的乡村砖墙上
正等着我
把一块块砖头
准确无误地抛到他的手中

一年盛夏
大雨把一面土墙冲塌
我和父亲第一次无碍地看到了外面的河沟

这种直接让人胆怯而心慌

多年来总是在困倦或睡梦时
他等待我再次弯下腰去
捡起砖头
然后起身扬起臂膀
把它们再次抛向空中

另一双手一直在空中张着
有些东西时时落在上面
又顺着指缝滑下来
但那并不是命运本身

（原载《山花》2022年第9期）

托斯卡纳

黄礼孩

风暴的消息已远去，村庄归于宁静
晚装在衣柜里弥漫松脂的气味
庄园的幽暗之处，萤火虫送来橙绿色
请与都灵来的隐士交谈，这舶来的夜宴
是小镇的另一部分年华，半路相识的人
到小酒馆喝一杯吧，夜色来到夏季之末
庄园适合一场消遣的探戈
新的星座升起，云翳一点点退回山峦
这个夜晚尖叫的不是一哄而散的孩子们
而是那些看起来像繁星下坠的葡萄

（原载《诗潮》2022 年第 7 期）

一本旧书里的枯叶

黄世海

当我忘记自己的时候，你在
一本旧书里离别
像当年在茫茫人海中一样
不过那是初识，这一次是重逢

那么，你往昔的美丽呢？
你那翩飞于书本之外
想象文字的舒展与朗读呢？

难道作为生活的标本
就忘记了曾经孕育的美好向往
可我还能找出过去的目光
与你相碰的那一页来

抑或这就是初识与重逢的距离
春天与秋天的距离
在这两个距离之间
我想邀请你，再飞翔一次

（原载《诗歌月刊》2022 年第 4 期）

母亲一直住在乡下

胡兴尚

母亲住在山中，那里
春风更早，桃花更盛
雨水不易腐烂
她拥有更大的落日
更软的月光，更白的云
更漫长的午夜
适合空着，或做梦
茅草出让给她的玉米
土豆，番茄，七叶瓜
也更大一些，大过她
小下去的安静
她谨守山中的季候
种什么就收获什么
奉行着：积德无须人见
行善自有天知。很多次
想象她雾一般从山上下来
背回洗亮天空的雨水
峡谷深处的江水
因她悄无声息的劳苦
更加寂静和空明

（原载《长江文艺》2022 年第 6 期）

朝 露

黄灿然

人生不是梦，正相反，
它是我们宇宙般无边的长梦中的
一次醒，然后我们又回到梦里。
这就是为什么，我们合着眼睛
来到这世界上，为了适应光明；
又渐渐失去视力，为了再适应黑暗。
你现在醒着的形式，只是一种偶然，
下一次你醒来可能是小草，
或草尖上的露珠。

（原载《黄灿然的诗》，人民文学出版社，2022 年 8 月）

致郑玲

吉狄马加

与我的母亲年龄相仿
经历过那个时代良知不被改变
所需要经历并付出过的一切。
你说我就像你的孩子
为童年时的我擦过鼻涕，
那个自由自在
奔跑于群山之间与黑绵羊
为伴爱做梦的彝人，
尽管我们来自

两个不同的民族。
哦，朋友，摇篮曲为何动人
那完全是母性的灵魂
让我们沐浴着她们的光辉。
你的诗歌之所以被人称道，
并非仅仅来自你的修辞
比他们更要出色，
那是因为作为诗人、母亲和女性
你在第一时间便让词语
充盈着爱的羊水并将
暴力拒绝于你守护的世界。

（原载《作家》2022年第11期）

梧桐畈之夜

贾浅浅

1

酉时的光线
折叠为一只白鹭的邀请

我把手伸进壬戌年的秋天
揽一湾奇峰突起的月色，回到
喝百威啤酒的人间

栈道外的荷花，和我们有相同的茎
相同的淤泥。相同的表达

2

沾鼻如酒的清风
拆散了身后所有香樟树的骨架

掌声与蛙鸣齐耳
黑天鹅变成荷塘里的温度计
我们划着自己的船，无处停泊

3

不必停泊
瞧那条刚睡醒的栈道，驮来
八百里外的晨光

（原载《钟山》2022 年第 3 期）

后花园

见　君

那碎瓷片，
曾经割破我的中指，
如今，
在后花园门口，闪着银光。

我的后花园里，
遍地是酒，
这些酒，温文尔雅，
有着良好的教养。

我已不在人世，
我成了流言蜚语，
环拥着花园里，
一只灯泡的心脏。

挺着大肚子的各种水果，
她们怀着你的私生子，
在我的后花园里，
四处游荡。

（原载《诗选刊》2022年第8期）

庚子年春天在半山寺

剑　男

夜空深邃辽远，但生命不一定
来自虚无
门前树上黄柚从高处脱落
成腐物、成泥
回到土中又将催生下一年的花和果
慈悯的僧人把袈裟晾在山门外
悼亡的人跪在菩萨前
点起松油的灯盏
生生灭灭中，我们这一具肉身
和世间万物何其相似
就像寺外那树蜡梅
一年又一年，每一朵含泪开放的蜡梅
都是为纪念凋谢的另一朵

（原载《诗刊》2022 年 7 月号上半月刊）

好的邻居

江　非

邻居在院子里造一艘船
他刚刚给它装上了一双木桨
造一艘船干什么
这里又没有海，也没有
可以航行的河流
邻居在整个夏天里忙碌
他采来木材，买来长长的钢钉
油漆的气味
弥漫整个院子的上空
他弯着腰，低着头
刷子抚过每一块木条
新鲜的油漆溅上厚厚的衣袖和鞋面
邻居不是一个木匠
他是从哪里学来的造船术
他也不是一个造船师
他如何知道船是怎样在海里航行
邻居在他的院子里造着他的船
给船竖上最后的桅杆
刷上舷号，挂上宽大的船帆
一个夏天，邻居是要做一个好的邻居
一个好的邻居就是没有海
也要造一艘船
没有海，也要有孤舟重洋

去大海里劈浪航行的愿望

（原载《山花》2022 年第 6 期）

苏堤遇雨怀东坡

江　离

湖上白雨跳珠
仍像当年，望湖楼所见
天地一体，湖光与山色尽入白茫
挡风玻璃前水流如瀑布
雨刮器似抽刀断水
汽车过堤上陡桥几座
起飞的拉升和被抛离的失重
你都曾经历过
乌台案后，尽管你四处漂流
政治的风雨沾湿身上的寒衣
却已不会浸透本心
你成了最终的你：
无尽的时间中，生如不系之舟
承受天地间命运的幽深
死是飞鸿雪泥，只留偶然的印迹
在两者之间，是尽情地投入生活
依内心的指引而行动
让才智与品性，绽放个体的光彩
当你身临长江
看到江水近处腾着细浪
远处托举着天际
当你在黄州，躬耕于东坡

仿似陶公在东篱而望南山
你的竹杖青褐，你的芒鞋草黄
立身雨中，只道也无风雨也无晴

（原载《十月》2022 年第 2 期）

步兵应该如何飞行

姜念光

你是个步兵。你曾听飞行员描述
如何驾驭命运之铁，舞蹈
并且喷发音乐与花朵
但是关于飞行，你有自己的方法
如何从自我内部，克服沉重和黑暗
如何，更快地奔向荣誉和前程
常见的情形是五公里越野
你又刷新了自己的成绩
血液的加速度几乎冲破头顶
那样的欢欣、骄傲，那样的沸腾
你感觉你可以有一架飞机了，虽然
你是个步兵
有一架飞机就一直向前开
你是个步兵，你并不离开地面
但是，即使不离开地面
你也能够一直飞进蓝色天空之中

（原载《世界军事》2022 年第 19 期）

重新命名

蒋立波

一年不来的人工湖看上去没多大变化
蝉鸣疑似使用多年的旧乐器
几支钓竿以四十五度角斜斜插向湖心
一棵朴树的树皮上，去年看到过的
“张小梅我爱你”这几个字还在
那用来刻写的锋利的刀片或许早就丢了
表白却已经长大了一岁，特别是那个
由于树身的扩张而被拉扁的“爱”字
已经变得像一个体态臃肿的孕妇
而在“我”和“你”之间，总是横亘着一个
新的人称，但不是“他”，不是具体的
名字与性别，而只是一片被推远的湖水
新的命名总是以看不见的方式发生
如同湖底苦闷的淤泥，用新的藕孔换气

（原载《椰城》2022 年第 9 期）

过永川古县衙记

金铃子

过松溉古镇，它的始建时间
无法考证。江水知道，落花知道
来来往往的爬虫知道
我在古县衙

默然片刻
静候告状的老百姓，他们的白头发更白
比旧更旧，他们没有来
或许早已老去，或许不再有冤屈
明镜高悬的牌匾上，有细小的裂纹
我推开师爷房，一个声音说
“亲，你来了
囚笼还在，里面有几只蚂蚁
不知人世。”

我击一声鼓
它们便慌乱起来。便在囚笼里东奔西跑
原来它们也有冤屈
也有永不落泪的哭泣

（原载《诗刊》2022 年 6 月号上半月刊）

白衬衣女孩

敬丹樱

“我家也有这样的阳台
母亲把我父亲的白衬衣搭在木椅上
像面包片，被月光每天每天
均匀地涂抹。”他盯着白蜡木地板，她站在那里
她的尾鳍
刚刚变成修长的腿

“有一次坐在母亲的位置
我捧起那件衬衫。你知道吗？咸腥和汗味

所剩无几。”一望无际的大海
涛声叠着涛声。“仿佛他将海浪般被暮色推上岸滩
无数次，她抚摸着褶皱里棉质的秘密
从阳台望出去”

“你知道时光
在一个女人落座与起身的罅隙里溜走
衬衣白得已经不明显了”
微风在她海藻般茂密的发间涌动。“有一次她把自己装进衬衣……”
她耸耸肩
哦，他知道的
他都知道。他的白衬衣女孩微微侧过身子
眼睛里波光粼粼。他上前一步

“像被一个拥抱填充
看起来，衬衣没那么空荡了”

（原载《江南诗》2022 年第 4 期）

落　叶

姜　明

银杏把黄金泼下来
地面成了湖面
倒映满天金黄。

铺展，张扬，恣肆。这幕天席地的葬礼
让世界，鸦雀无声。

拍客们的镜头里，风在吹箫
漫卷的黄叶，剧透人间凛冽。

今夜以后，枝丫将赤身露体
迎娶寒冬。这铺张的黄叶
是他绝世的彩礼。

飘零即是绽放
向死而生，此刻
连赞美都是可耻的。

可是我还是要大声赞美——

“你用盛大的葬礼
搬运自己的美丽。”

“你向人间派送黄金
其实，那是你的生命。”

“你是时间的走私犯
在冬天，为我们偷渡春天。”

看嘛，通往春天的路上
黄叶，其实他是个诗人。

（原载《北京文学》2022 年第 8 期）

良　缘

康　雪

在陌生小镇的第一晚
听到洗手间的水龙头在滴水——
呐，每个人迟早
与一只拧不紧的水龙头相遇
然后遇到生命中
最澎湃的一滴水
它带着万千山川的倒影与
河流的幻觉
沿着漆黑的管道到达
它知道命运的出口与容器
知道如何纵身一跃
知道它那充满光照的破碎与愈合
将产生美妙之音
并在一个人寂静的胸腔
长久地轰鸣

（原载《诗刊》2022 年 4 月号上半月刊）

池　塘

雷平阳

我继承了一笔只能描述的
遗产：池塘的四周
长着各安天命的蒿草、大麻、紫藤

水面有浮萍，但让死水
更加静默的，是虚空之上一层层堆积
一层层腐烂的朴树和榉树的落叶
水面和穹苍之间，斜挂着几束
从林间透射过来的阳光
成群结队的蝴蝶，闪烁着，从那儿升入天国
它们没有代替我，我仍然坐在一棵树底
一身漆黑，却内心柔和
仿佛有一头大象在我的血管里穿行

（原载《长江文艺》2022 年第 5 期）

生　活

李亚伟

教语文的小赵现在差不多是该快活了
自从当上副主任，身材越发苗条
他去检查清洁，由于地面已被校长看过
他就看傍晚的天空出没出什么漏子
他走到河边，吐了一口三米长的闷气
一个木匠老远斜着眼看他，等着打招呼的机会
一个初中男生从他扶着树的腋下一闪就没了影

上个月，在三百米远的县政府里
文教局里的几个官儿们数了一下上级文件的字数
就派人事股的副股长爬进档案柜
用尺子把小赵量成了中学的领导之一

如今他站在河边，一个合同工跑来

请示维修楼梯的问题。继而他抽烟
大学毕业他就被分来这儿站着
那时全校的女学生都隔着操场远远地爱他

河水飞快地流过，几个夏天就从他烟头上溜了
后来他上街见了该出嫁的女人
眼里就充满了毛遂自荐的恳求神情
他偶尔也认为生活中肯定有一个家伙
跟着他一起站着，一有机会就会离他而去

（原载《黄河文学》2022 年第 1 期）

就一朵雪花而言

李　琦

就一朵雪花而言，它的小和弱
完全可以忽略不计

可当大雪漫天来临
如此阵势强大，铺天盖地
它们迅疾地，形成包抄或覆盖之力
尤其是，如果在北风的坐骑上
那简直就是无法无天
瞬间天地混沌，道路消失
野兽和猛禽，也都知趣地
选择藏匿或隐身

一朵雪花
瑟瑟发抖，瞬间，殒没在掌心

一场大雪
定住整个冬季，山河洁白，大地沉稳

（原载《诗刊》2022 年 11 月号上半月刊）

端午怀屈原

李少君

1

凤凰，一定是天边彩霞的奇幻转化
如此明艳斑斓，又如此神形飘逸
以丽天为疆域，与日月并驾齐驱，翩然飞翔
只有你和你的诗篇配得上这灿烂的荣耀
在宜昌秭归，我看过朝霞和晚霞后得出这一结论

2

凤凰驾驭长风，展开四方，择木而栖
首选梧桐，橘树等南方嘉木亦获青睐
芰荷和芙蓉装扮织就绚丽缤纷的衣裳
在沅芷澧兰的领地，在汨罗江流域
我仰望高大挺拔的乔木，一如仰望你之身影

3

危情时刻，重温你激荡过无数灵魂的诗章
仍强烈地深深打动我，响亮轰鸣的黄钟大吕
千百年来一直回荡在悠久古老的中国大地上

那些浓烈的热爱，那些深沉的悲愤和哀痛
和滚滚而下的长江一起，冲击着敲打着中国的胸膛

4

世间常有骚与愤，不过随风而逝的情绪发泄
唯你的抒情，凌云而上，升华为一种精神
因你配之以道与义，饰之以香草幽兰
你以璎珞编缀，绸缎铺之，霓虹耀之
文采斐然，彰显天地间最惊艳动人之锦绣华章

5

端午祭日，我居家拜读完你黄金的诗篇
谨携小院里所有花草树木致敬高天凤凰
它们是（排名不分先后）：香柏、牡丹、玫瑰
女贞、丁香、水杉、碧桃、卫茅、玉簪、晚樱
忍冬、鸢尾、杜仲、棣棠、黄杨、榆梅和国槐

（原载《三峡日报》2022 年 6 月 3 日）

且坐下

李 皓

这一块石头，想来
帝王是坐过的
至此
花山和太湖
便是大好江山的完美日记

镌刻了汉字的石头
是花山上会开口说话的花
每一个打马走过的人
都被一块石头挽留
并记录在案

那些自以为伟岸的人
坐下来就渺小了
坐下来就真切地看清了自己
当肉身把石头捂热
花山从未留下一个人

（原载《太湖》2022 年第 4 期）

一只藏獒朝我奔来

李不嫁

一只藏獒朝我奔来
夹着那老虎般的大尾巴
那是十年前，在拉萨郊外
一只流浪的黑色藏獒
被一群野狗追咬着，狼狈得
像虎落平阳，似乎谁都可以抬起一脚
踢得它滚落一旁
而我来不及细想，也忘记了躲闪
只是本能地张开双腿
以为它会从胯下钻过去，寻求庇护
但它只甩过一道眼神，闪电般，让我长出了虎爪

（原载《世界诗歌》2022 年第 3 期）

病中明月下

李海洲

地球的头和我的头，都在刺痛。
大和小，各有艰难。
我能够解决的，地球不能。
明月下，一切貌似很美
但美是一种苟且。
蓝披肩挂进千家的窗
有万户看不见的假象。

我关心各种修复：
血液的流向，耳光和糖的平衡。
臀部和大脑的远交近攻。

项上的器官貌合神离
像地球奇怪的合伙人：
有的假笑，葬信仰为泥
有的冷眼旁观，放出捕猎的野兽。
洪流里漂满货币
疾病前置，替换暴力的宾语
自由和新社会，正在把沉疴下放。

去医院的是一条老路。
明月悬挂，大和小等待修复。
病中，诗稿难续，碎银耗空了胆量。

（原载《星星·诗歌原创》2022 年第 7 期）

酿造，我们拥有同一样手艺

李　浩（河北）

从水中汲取，从稻米和高粱中汲取，从看得见的和看不见的
其中汲取——我是一个诗人
使用略显笨拙和劳累的钢笔
我的所谓事业就是，把自己酿进酒里。
像一个奔忙于二郎山，气味浓郁的厂房中的工人，我认为，
我们拥有同一样手艺。

我是一个诗人，沉迷于，那种可贵的酿造过程：
暗暗发酵，让日常的发生在幽暗的区域缓缓转化，甚至
让它们生出另外的物质。
水不再是水，稻米和高粱也不再是稻米和高粱
它们变化。它们融汇。它们，成就为另一种晶莹和芳香
我是一个诗人，诗歌的写作与它何其类似！
从日常到诗歌的过程也类似于美酒的酿造，
像一个奔忙于二郎山，气味浓郁的厂房中的工人，我认为，
我们拥有同一样手艺。

它需要时间、耐心和精心——尽管我们可能拥有相似的急切
但必须克制。酿造的过程充满了等待，聆听，和必要的倾空
任何真正的精益都容不下半点儿减少。
“我写作，是希望自己能在时间的流逝中得到心安”——
像一个奔忙于二郎山，气味浓郁的厂房中的工人，我认为，
我们拥有同一样手艺。

我们拥有同一样手艺，它，不仅仅是比喻的性质
而是本质。就像在对美酒的品啜中，
我们用自己的舌苔和心，一起品尝出……哦
我所谓的事业就是，把自己酿进酒里。

（原载《草堂》2022 年第 3 卷）

在林中

李　浩（北京）

我在林中漫步，这片树林跟我在梦中所见一样。
这个场景，在我脑子里，是一片盛开的星空。
我赤脚走在树林间，这些树好像大地的使者，
他们站立着，正在工作。这里是我最后的住所，
可是，死者的嗓音和怨恨，同时隐藏在树林当中。
当你走在他们中时，你会认为我们如同大风
卷起的沙石，在时间中流逝，我就是这样来到
这片树林里的；我的命运：剧院，油画，电影……
即将重新颁布。这片树林，林中的每一棵树，
好像每一颗星。一闪一闪的；他们：一闪一闪的。
我认为，他们是一些耀眼的人。当你的亲人
在谈论死去的时候，你说“确实有死去的幽灵”。

（原载《作家》2022 年第 11 期）

核桃树

李寂荡

秋天，我希望刮大风
越猛烈越好。一刮风
我便会跑到屋后的阳沟去捡拾
核桃，那些从裂开的外壳里坠落的核桃
它们是从堡坎上一棵巨大的树上掉下的
树属于邻居家。我更喜欢邻居用竹竿打核桃
那些核桃啊，像冰雹似的落下
堡坎有丈多高，掉到我家沟里的就变成了
我家的核桃
我暗暗享受着一种不劳而获的快乐

不知何时，邻居一大家子的人口开始减少
有的迁徙到了墓园，有的迁徙去了县城
不管怎样，一大栋屋子，还有粮仓和牛圈
都成了空房

又不知何时，木瓦房坍塌了
一棵棵楠竹从屋基上拔地而起
好像组成了一个新的家庭

那棵核桃树还在
只是秋天刮风时我在贵阳

（原载《中国作家》2022 年第 9 期）

意　外

李龙炳

我曾经在大街上，
遇见猛兽。
它有足够的压力，浮起乡下人，
让声音变细。

好像体内满是塑料花，
好像拖拉机上的春天，不是春天。

月光，被一本书
对折了一下。
风在炊烟中签名，意味着
梦已经被时代抛弃。

手指一个接一个，
在衣服口袋里默默爆炸。

谁还能理解，
指甲里的世界，
这轮回中的一粒沙，我听见
坏人也在读杜甫。

被雷击的人，居然没有受伤
唯有眼镜掉在了地上。

（原载《草堂》2022 年第 8 卷）

喜　鹊

李路平

喜鹊无声地飞落枝头
隔着紧闭的窗户与我对视
那么多年了，它在我的
生活里像一个过客
从天空，从屋梁，从夹竹桃
与垂柳、楝树的杂丛中飞过
沉默多于尖叫，正如现在
它的鸣叫多么珍贵
它的停留也成为殊荣
我独享着这一刻的静默
直到它骤然飞离
展现翅膀的花纹和
枝头颤动的阴影

（原载《诗刊》2022 年 3 月号下半月刊）

我们中的大多数

李满强

春天的时候，微信上
一个陌生的头像闪烁："我是某某
我们在某个地方见过，我读过你的诗……"
其时，我正在接一个重要电话，有些心不在焉：
"很荣幸认识你，多联系！"

后来，我遍寻记忆的库存，也无法
记起他的样子，我们在什么地方会过面？
我们说了什么？我们碰杯了吗？
我的确是记不起了！这是
一件让人懊恼的事

直到有一天，我忽然
从记忆的河流里，捞起了一根稻草
我说："你好！是的，我记起了
我们曾在一起度过一个愉快的夜晚！"
而对话框里，一个红色的小圆点
它告诉我："对方已不是你的好友！"

那红色的圆点，像一枚钉子
让我瞬间有了锥心般的痛楚
但继而，这疼痛，居然神奇地消失了
取而代之的，则是如释重负般的轻松
我想，在这个时代
大多数人之间的关系，都和我们一样

（原载《作品》2022 年第 11 期）

一个人在镜中

李　南

一个人在镜中，无法看到罪性
只能看到日渐衰败的脸。

一群麻雀并不因为田中的稻草人
而收敛起自己的坏脾气。

不要以为识字就有文化
不要小瞧灰烬携带的使命。

走进绵绵山脉，穿越茫茫沙漠
你会渐渐放下复仇的刀斧。

乡道上高过人头的蜀葵落满灰尘
仍能开出红花和粉花。

非法的爱，得不到祝福
野草有时却可以成为珍稀药材。

死亡里都有一种恐怖的味道
没有谁会长久地迷恋。

在他人的泪水中，你感觉不到疼痛
只能找到逃生的出口。

落日也能发出强悍的光芒
黑夜同样会孕育闪电、诞下雷霆。

（原载《诗歌月刊》2022年第3期）

致十年

李轻松

十年前，我在长山岛写诗、看萤火虫、坐船出海
你病危的消息与海潮一起传来
我与无数的海鸥往回赶，车坏两次，改乘，换乘
待我赶到时，你已过世六个小时。

父亲，仿佛天意我不能为你送终
你不等我见你最后一面
想到此生再也没有父亲，乳名荒废
我就泪如泉涌……那放飞的鸽子瞬间消失
往生经念了五天五夜，护佑你转身
你的眼睛始终不闭，如天空般瓦蓝
你穿寿衣时，身体柔软，仿佛生前一样
我一路抛撒的花瓣被风捧走
一些放你灵前，一些喂养了仙鹤
想写一篇长文祭你，却总是无从下手

十年来，我成为一座行走的墓碑
碑文上的姓氏、生辰与血型已模糊
而抹不平的伤口与偏执，还那么深。
我想听你开怀大笑，或高歌一曲
蓝蓝的天上白云飘——
白云下面，声声都已绝版
父亲，我不再向你诉说尘世的消息
从此，清风一面，一别两忘……

（原载《草堂》2022年第2卷）

一次漫谈

李松山

诗，就是你和另一个自己谈话。
散漫。给话题竖起一把梯子。
说到专注，羊是你，构树叶也是你。
有时候你会被带刺的藤蔓划伤，
也丝毫不必怀疑名词所持有的尖利。
延伸是草叶在肠道里还原、碾碎和重置。反刍
闪存的底片得到光源的瞬间，她便独立。
你欢喜，或厌恶，都与她无关。

（原载《诗刊》2022年7月号上半月刊）

飞驰的骏马

李　铣

奔跑的夜晚加速奔跑
晨光熹微，翻阅旧时的笔记
一页连着一页，马匹飞驰，也有
星子的坠落，像我的祖母、父亲和母亲

我在阅读之外："美即是生活。"
车尔尼雪夫斯基把完整的碎片
扎入现实和现实主义
一条大河流淌至今

浪漫些吧！如一朵乌云开在脚边
为悦己者容。拾它举过头顶
彩虹成练，春山沉醉
我对一头锦鲤表达敬畏之心

太阳雨下，个人史的旧账得到清算
向天端起酒杯而吟哦
我重构骏马的翅膀，以及
人世的超验性

（原载《十月》2022 年第 6 期）

馈　赠

李以亮

我不能赠予你一座开花的果园
但我要送你一枚生活的果子
它没有多少迷人的光泽
可是却包含了一粒坚实的信任的果核

我不能赠予你一片迷蒙的大海
月光下与你共享逍遥
但我要送你一只小小的海螺
时时刻刻诉说着情感的潮汐

我全部的馈赠只是一首诗的歌唱
时至今日它已显得渺小、不合时宜
但是我庆幸，在一首歌里

我们分享了一种对幸福的看法

（原载《山西文学》2022年第4期）

枫林已晚

李永才

颜色，只是一种态度
阳光，以一种忧郁的形式
引诱我们走进深秋
不做作，不声张，委婉而任性
城市的表情，越来越古典
仿佛多年不遇的故人
以泛游的姿势，梳理时间的刻度
一列快车，从窗外逝去
像一只候鸟，掠过萧索的年代
将我们分别在两个季节
我在南转北折中，找不到命运的站台
为了一次不速之旅
几乎耗尽了半生的盘缠

（原载《浙江诗人》2022年第4期）

仕女陶俑

李郁葱

那个时代的造型，像一面镜子
穿过我们的身体：高高的发髻，

圆润的面颊，那神态像极了
我熟悉的一个人，但想不起是谁：
以泥之混浊为身，她的天空
和土地，造就了这仰天的气息
绝不，绝不低首，在火的塑造里
她是彼此看见的时间，甚至有衣角边
风吹起的料峭。她的发髻
垂垂如云，也许就是云彩本身
当嘴唇触及鲜艳的色彩
曾经能够说出的是什么？曾经
想要说出的又是什么？从多年的沉默中
从超短裙女郎的嬉闹里
递出这饱满之日，一个错误的结束
那未遂的相互拥抱的世界
色彩剥落，而耳郭依然饱满
像是听到这世界一如既往中的喧闹
（闭上眼吧，世界在我们衰颓的肉体里）

（原载《长江文艺》2022 年第 5 期）

你偏爱的词构成了你

李元胜

避开那些奶油味的词
避开，避开那些化过妆的词

花园的词，花粉四溅，招蜂惹蝶
荒野的词，长满青苔，自带水洼

没被抚摸过的词，有着更大的摩擦力
尚未燃烧的词，有着更强的硬度

你偏爱的词构成了你
构成了你的生活

傍晚，又一个时代俯冲下来
沿着一首诗形成的跑道

（原载《北京文学》2022 年第 7 期）

雪下着的时候

李 壮

没有风，雪安静地下着
这是一个活人所能够见证的
最静止的运动
仿佛是命运死了，仿佛是整个世界
正了无遗憾地瓦解
那些心灵的碎屑
那些记忆的残渣
那些从碎纸机里扬出的画面和句子
往大地上写出大片空白

在这样大的雪里
一个站得太久的人
会变成一座墓碑
纪念什么呢？雪下着的时候
世间没有什么真的存在过

没有人爱过，也没有人死过
因此，不必去扫他头顶的雪
不要试图
从他的睫毛底下拂出字来
一个人在雪里无话可说
天空把空白撒在他的唇上
像大海把鲸鱼撒在沉没的锚上

（原载《草堂》2022 年第 10 卷）

北京老火车站的钟声

梁尔源

每次到北京
喜欢下榻在湖南大厦
枕着老火车站早晨的钟声
五十年前雄浑宏宕的敲击
剪断了京广线这根胶带
循着钟声从车厢走出
就像一个落在母亲怀中的婴儿
阳光铺开了温暖的襁褓
被钟声敲得通红的太阳
点燃绿皮火车里溢出的豆蔻
连接心脏无数澎湃的血管
起伏着世纪的节奏
跳得那么持久，跳得如此痴狂
如今把期待挂在铮亮的齿轮上
让幸福感行走得不慌不忙
夕阳拽住下沉的轨道

将脚步与指针重叠
每分每秒都能踩着母爱的节奏
每一次冲动都会被宏大的胸襟
化解为平缓的心跳
磁铁般的时针
无论指向东西南北
时间的起始从不脱离原点
北京时间不管挂在哪个角落
初始的发音
套着古老的咽喉
几千年积淀色彩
赓续这里溢出彩虹
让三百六十度的世纪眼神
每天都聆听
东方永不歇息的晨鸣

（原载《诗刊》2022 年 6 月号上半月刊）

冬日哈尔盖

梁积林

黄草起伏。那种渺茫
真是无法说出，似乎
有什么东西，不停地被
传送向看不见的远处
天很冷，连心都要被掏空
幸亏，有几只普氏羚羊，从草丛中
探出了黎明
幸亏，一对从青海湖那边飞来的天鹅

嘎嘎嘎的，仿佛在松动着
天空发紧的螺丝——
放出雪，放出一只老鹰

俄博台上，有一摊酥油凝脂
还有几截没燃尽的香炷
除了经幡砉砉
还有一个老人在那儿，低头诵经

我不找什么象征
不说鬣狗，也不说昨晚留下的篝火痕迹
我只是把一只滚落的羊头骨
放上祭台的原处。感觉
特别虔诚

（原载《诗刊》2022 年 4 月号上半月刊）

鱼玄机

梁　平

玄机不玄，温庭筠贼心贼胆不济，
指缝漏掉的风欠了账，一枝鲜花落泥淖。
幼薇还没有来得及长大，委屈的妾身，
遁入空门，青灯下的香艳与才情，
在长安的咸宜观蓬勃。

破罐子破摔。“鱼玄机诗文候教”的告示，
踏破了道观门槛，正经的、不正经的
拜访，趋之若鹜。门缝里的狐媚，

诗文里的打情骂俏，与疾走的风，
横扫一个时代的艳史。

没有在青楼挂过牌的鱼玄机，
短暂一生都是头牌。二十六岁断头台上，
已经不在乎十六岁的妾的不堪，不在乎
道观里的那些疯魔。纵是风流一生，
最后一口气还喊出一个人名——温庭筠。

（原载《天涯》2022 年第 4 期）

但音乐从骨头里响起

梁晓明

从骨头里升起的音乐让我飞翔，让我
高空的眼睛看到大街上
到处是我摔碎的家

我被门槛的纽扣限制
我不能说话，我开口就倒下无数篱笆！

我只能站着不动
时间纷纷从头发上飞走

我当然爱惜自己的生命，我当然
愿意一柄铁扇把我的
星星从黑夜扇空

这样我就开始谦卑、细小，可以

被任何人装进衣袋
乐观地带走

但音乐从骨头里响起，太阳
我在上下两排并紧的牙齿上熠熠发光

我只能和头发并肩飞翔！我只能朝外
伸出一只手
像一场暴雨我暂时摸一下人类的家

（原载《作家》2022 年第 3 期）

“手撕钢”

梁志宏

轧机旁人影绰绰
超薄的不锈钢箔闪亮如镜。

一支穿着钢蓝色工装的精锐团队
肩扛国之重者昼夜攻关
而脚下每一步如履薄冰。
他们把浩大而精密的数据
一次次输入炉火、轧辊和不锈钢带
一次次轧制，退火，去应力
接近目标，却砰然断带碎成齑粉；
然后收拾残局继续破垒，七百多次
钢铁终于化作绕指的柔韧。

薄至 0.02 毫米，宽幅 600 毫米可撕可折，经得起数万次折叠。
“手撕钢”就这样从流水线
跃上了高精科技之巅，光芒
闪耀世界。

（原载《草堂》2022年第10卷）

遥祭祖母

廖伟棠

我不该有别的死者供思念
只应该有你，唯一爱过我
但被放生于一片空茫中的你。
我请求无情的鲜草抚慰你的倦足，
假如你一直向我走来
带领我能遇到的众生如浪潮不已；
而我躲藏在那些和我无关的死亡中
舔食那些痴和忧愁，还有仇恨
如清甜的毒药
失名之爱的血髓。

我聋了，听不见你的叫魂
一如儿时听不见
浪荡在阳光的箭雨中；
而如不是你在那十年不停叫我，
我今天不会有别的死者、无穷的
和我无关的死亡，被我反复思念。
第十年后，我是被你施舍出去的金孙：
像一把米洗了又洗，
一炷香点了又熄

无用地祭祀着失名之城的遗骨。

（原载《草堂》2022 年第 8 卷）

蓝色的

林东林

我准备
把餐桌对面的墙
漆成蓝色的
把天花板的一部分
漆成蓝色的
把书房
右侧的那面墙
漆成蓝色的
把卧室
左侧的那面墙
漆成蓝色的
把客厅的那台
橙色挂钟
也漆成蓝色的

世界很大
我能左右的事情很小
所以我准备
把我喜欢的这些地方
都漆成蓝色的

如果你愿意

我邀请你
和我一起
把它们都漆成蓝色的

是的
我能左右的事情很小
我只能
把能左右的事情
把能左右事情的那种感觉
分给你一部分

（原载《诗刊》2022 年 3 月号下半月刊）

雕　像

林　雪

他们拥抱着，一个男人，一个女人
他们是两尊人形，骨骼，血肉，躯体
男人的头垂在女人胸前
女人抚着男人的头发
他们微微战栗
无瞳的眸子望着远方
冰冷的手指尖上
有看不见的箴语和雷霆
我们路过这里，一个男人，一个女人
停下来，拥抱
他的头垂在我的胸前
我抚着他的头发
我们微微战栗

他是旧的，温暖的
热的。带着书卷和谷仓的气味
犹如我深爱的灵魂
我用肺腑对他深嘘了一口气
我们走下祭坛
从此我们人迹炊烟
从此我们男耕女织

（原载《山花》2022 年第 1 期）

出了宾馆

刘　川

一件衣服
往南走了
一件衣服
往北走了

刚才
这两件衣服
纠缠着，扔在
同一个浴室外面

现在
一件笔挺、庄重
一件雅致、严肃
看上去，像人一样，走开了

（原载《浙江诗人》2022 年第 3 期）

母　亲

刘　春

回城之前，我陪母亲再坐一会儿
母亲说，最近头越来越晕
只走几步就走不动了

我抬头看了母亲一眼
她瘦弱的身子陷在木沙发里
小得只有一丁点儿

她从未向我抱怨过任何事情
这次是第一次
我愣着，有些不知所措

我们去医院吧。我说
母亲说，没用，每次都是打针
然后拿点药回来

我说，那平时锻炼一下
旁边的哥哥说，走不了多远
尿道结石会硌疼她

我不知道说什么了
悄悄伸手找口袋里的钱包
母亲说，上次你给的都还没用呢

母亲不再说话了。父亲还在的时候

她会叮嘱我们——
你爸身体不好，要时常回来

（原载《广州文艺》2022 年第 1 期）

在仙女山遇见一匹马

刘立云

谁会有这样的幸运呢？在仙女山
在一场梦幻般的大雾中
一个属马的人
在山顶辽阔的草原上遇见一匹马

天地无穷，那马正低着头在静静地吃草
在它的身前身后
在远方像水乳般漫开的白雾里
还有无数匹马，它们若隐若现，似有似无
没有人认出
无数匹马，其实是同一匹马

一匹枣红马。它在静静地吃草
我在静静地看着它
它发现我在看它但没有躲我
我注意到了它的眼睛，它的眼睛寂寞又忧伤
它在静静地吃草但更像在嗅那些草
抚摸和安慰那些草
我的眼泪就在这个时候涌出来

我知道我的前辈曾在这里打过仗

有人倒在山上但没有留下
他们的名字
我愿意那场战争刚刚结束，让我跛着一条腿
回来寻找我的坐骑
我知道我未来的日子有多么艰难
我知道我必须借助
这匹马的力量
走遍战场，去填平那些弹坑
让一个寡妇不至于被泪水浸泡她的余生

（原载《人民文学》2022 年第 8 期）

招魂歌

刘　年

把弓还给琴，把火药还给烟花
把刀还给鞘，把手还给手，把儿子还给妈妈

把鹰还给天，把花还给树枝
把魔鬼还给地狱，把诸神还给人世
把丈夫还给妻子

把肉还给白骨，把魂还给肉身，把父亲还给女儿

（原载《天涯》2022 年第 4 期）

糊吊汤

刘伟雄

它就是一碗小吃
被我们不断怀念
居然就有点沧桑的味道

某一个时刻　大病初愈
来一碗　仿佛要拯救岁月
那座桥边　流水打转着
像唱片里不断交响的童年

灌下的那份淋漓
突然会冒出冬夜的絮语
酸辣醇酽　你说了不算

老板娘春风拂面
说还认得曾经的我
不就是往年那一把泪
调出的时间美味

（原载《福建日报》2022年8月5日）

野　羊

刘向东

坚实的没有悬棺的家山

悬崖上悬着两只野羊
快要散架子的野羊啊
真实又空洞
它们的脖子被钢丝紧紧勒住
好像怕有丝毫的松动

仿佛一觉醒来
面对尚未了结的一个
噩梦

野羊用半个蹄子在岩缝中行走
如鸟在半空
只需一些青草、树叶，加上阳光
就有一身血性
它们在山巅寻找猎人
眼神充满山的坚定

而它们中了圈套
圈套连猎人都已经遗忘
（或许是风
是一个对另一个的隔山呼唤
要了它们的命）

我久久注视两只野羊
它们在我眼前妈妈叫
没有回声

（原载《星星·诗歌原创》2022年第6期）

八月一日

刘笑伟

这个日子，隐藏着烈火
焚烧漆黑的夜空
岩石加入，雕刻每一位士兵
开天辟地的壮举
当然，这个日子里有黄金
岁月深处的矿藏
让历史一直在记忆中闪耀

这个日子，成为仪式的一部分
甚至成为服饰的一部分
在每一位军人的头顶，帽徽里
有这个日子，它是烈火
锤炼着每一个后来者
铮铮铁骨和警惕的眼睛
它是岩石，成为士兵意志的一部分
沉着、坚硬，带有强劲的心跳
它是黄金，是高贵的品质
是永远珍藏的瑰宝
每当这一天来临
每一位军人都会通体闪亮
发出黄金的光泽

（原载《扬子晚报》2022年8月1日）

黄昏里

刘泽球

那是冰冷的冬天，一个老人
在黄昏里走着，他的步子还算沉稳
但不如年轻的时候，人们在谈论
他的疾病，病房里药水的气味
被他带到马路上，他总是忘记吃药时间
市政大钟曾让人想起教堂的声音
那是很久以前的事情了
洒水车的电子铃声刚刚过去，水雾
加重我们对现实的质疑，他看不清
对面路牌，这或许让他苦恼
人们在谈论一个马路上走失的老人
他会渐渐被遗忘，就像黄昏
总要进入夜晚，而夜晚终将隐藏
我们熟悉或者陌生的事物
他数着经过的自行车，闪亮的轮辐
跟手表表盘一样，也有两条腿在跑着
他还能微笑的是，他把年青的一部分
留给了另一个人年青的部分

（原载《星星·诗歌原创》2022 年第 7 期）

那个男人

刘清泉

那个白天在堂屋打我骂我
晚上在床头欺负我妈的男人
是我年幼时恨得牙痒痒的父亲

那个背着药箱给猪牛看病
提起毛笔给乡亲写春联的男人
是我青春期睥睨天下却唯一服膺的父亲

那个跨过鸭绿江当过炊事班班长
枕头底下躺着军功章和四大名著的男人
是我年过半百仍未看得透彻的父亲

那个离开我二十五年了
偶在夜深人静时默默注视我的男人
是我最近常常想起又从脑海迅速删除的父亲

那个带着秘密在人世间行走过
把悬念和隐私锲进骨灰的男人
是我必将痛哭流涕拥抱并磕头致歉的父亲

（原载《大河诗歌》2022 年春之卷）

谁制造出来的动词

卢　辉

菜地制造出来的动词
不会是小绿虫在爬行？它那么会打扮
软软的，绿绿的，爬到叶子上
叶片摇晃
像是一个动词的
加盟

有一天，我比它起得早
按动词的规矩，只有摸着石头过河
才算是到了黎明
那么，再走一步，再远一点
要是还有个动词，那一定是一颗大大的脑门：它一抬头
大地就发热

（原载《边疆文学》2022 年第 9 期）

不明之物

卢卫平

他希望赶快来电
他在灯光下能看见不明之物
他记得蜡烛在哪个抽屉
但他不敢去抽开那个抽屉
他走动的声音，抽开抽屉的声音

会使不明之物更加晦暗
不明之物发出老鼠啃咬衣柜的声音
老鼠是他的属相，他不怕老鼠
他恐慌的是他无法判断
不明之物是不是老鼠
他屏住呼吸，在被子里一个翻身
不明之物在客厅的餐桌上
发出蟑螂练习飞行的声音
他不怕蟑螂，他曾用拖鞋
拍死过近百只蟑螂
他恐慌的是他无法判断
不明之物是不是蟑螂
在他感到额头上有丝丝冷汗时
来电了，壁灯柔和如丝绸的光
让房间里每个角落被宁静笼罩
他庆幸一年之中他在夜半醒来
壁灯睡着了的时刻很稀罕
他疑惑是漆黑让不明之物
发出了乌有的声音

（原载《作家》2022 年第 7 期）

内窥镜

卢艳艳

把身体折起来躲进角落
或打一针麻醉剂，让自己消失
是拥挤人群中摆脱拥挤的
最佳途径

很奇怪你一个人的时候心怀天下
仿佛一个星球
密切关注另一个毫无关联的星球
而此刻你却觉得周围的一切
皆可忽略。只有虚幻的上帝
在真实陪伴你
你的耳边充斥着按捺不住的叫号声
仔细听，每一次都不是你
你在无聊中开始打量他人
像一面毫无表情的镜子
你在等待缩小肉体，放大器官
珍视软弱，忽略感受的时刻
你需要一个内窥镜把隐藏的秘密公开
之后，当你踉踉跄跄被家人带出医院大门
像领回一个失踪的孩子

（原载《西部》2022 年第 4 期）

荡　漾

鲁　娟

我见过月光如水的夜晚
散布群山的屋舍
三三两两，相互依偎
它们像情人又像姐妹
它们古老又年轻
在月光下散发出深深的迷人的温柔
那温柔无边无际
一圈圈往外荡漾

万物寂静，星光旋转
群山延绵，河流奔腾
至今，谁遇到我，依然继续被荡漾

（原载《作品》2022年第10期）

龙溪书院

鲁若迪基

古旧的院落
落满了一地的寂静
你缓缓而来
在芳菲的四月
端坐成一介书生
让一束光
从斑驳的窗口
落在发黄的书上

那些字已经模糊
模糊的还有
众多远去的背影
没有人能将他们唤回
重新落座
在抑扬顿挫里
将时光里的人和事
再次演绎

逝去的
未必在风中遗忘

留下的
未必在逝水里永恒
唯有书院
在喧嚣的街市
收藏一份静谧
放置一张
安静的书桌
唯有那些文字
在暗夜里发光

（原载《民族文学》汉文版 2022 年第 2 期）

积　水

陆　健

七天前写了一半的诗，今天
接着写，成了另一首。尚未完成
我也不再是一周前的我

七天前病毒还反扑
我的忧心有肿瘤那么大
我的语言有冲拳，有八卦掌

北京新增疫情已连续清零
文字前半部，风雨交加
后半部阳光，饮食，中提琴
小鸟在草丛中啄着草籽

时间，在记忆里不停换牌。我

还是我，它已经赢了想要的东西

胖得只剩下肚子的麻皮花生
想象中走出的十万雄兵

一大一小两双鞋子，鞋尖
对着凌乱的床铺，和小镇
河边一本《挪威的森林》
因为争吵而着火

对进行的鼓励，往往是因为
进行不下去。该来的仍旧没来
一首诗的结尾，犹如
夜间逃犯，只能暗暗追捕

（原载《中国诗人》2022 年第 2 期）

两个女子来到塞外

路　也

两个女子来到塞外
头上顶着云朵的香炉
两个女子来到塞外
中年的双肩包中了蛊

登长城，越草原，走天路
淋雨穿过松林
找寻一座六棱柱的山
几乎接近了沙漠的边缘

两个女子来到塞外
扑进了那以公里论的胸怀
心脏因地平线辽远而跳动得舒缓
油菜花儿黄，胡麻花儿蓝，到了七月才开

两个女子来到塞外
靠喝啤酒和吃羊蝎子建功立业
一座钟楼和一座鼓楼
也在举杯相祝

两个女子来到塞外
白桦林悠扬，钻天杨膝盖上也长叶子
两个女子来到了塞外
天蓝得那么鲜卑，地苍茫得如此匈奴

（原载《诗刊》2022 年 1 月号上半月刊）

水　鹿

伦　刚

暴雨过后，公鹿从密林里出来
涉水过河，在牛房后喃声呼唤
它俩在潮湿的林子里幽会，从翠绿的冷杉树下
跑过，不时抬头嗅着空气和彼此
像从远古世纪的故事里出来

我侧身靠着牛房木墙，借助灌木枝叶
偷窥它俩在夏日的欢愉幸福

我静静等着——
光阴深处有浓郁的象征，不可急遽摘取
林中神秘的脚步，腼腆无声
没穿鞋子，它俩被林神塑像后现身
然后，到黄昏的林中静静地吃草
我偶尔抬头静视静听
在渴念的想象中一直等待，直到林中
沙沙声响：一只脱下胞衣的小鹿悄悄出现

（原载《草堂》2022 年第 11 卷）

晨　光

老　四

你偶尔会遭遇这样的清晨：
一个人躺在床上，对已经开始的一天
满怀静谧之心，不期待，也无法阻拦
你还不准备起床，让身体在被子里重温一次黎明
楼下，奔跑了许久的鸟儿
在榆树枝丫上休息，孩子们走向学校
走着走着就成了你，几个老人在花坛里浇花
浇着浇着也成了你。童年和老年集结在
这间狭小的卧室里。想起昨夜
你穿城而过的几条马路，正在见证更多人的侧面
舜耕路上的小酒馆，此时该和你一起
躺在床上休息休息
躲藏在时间尽头的一声车鸣
是你收留的一条新路
想起几个小时前的梦

有挣扎有背叛，大脑中不断变换画面
仿佛已度过了接下来的整个白天
仿佛你一动不动躺着，就经历了一生的战火

（原载《诗刊》2022 年 9 月号下半月刊）

就这样慢慢老去

离　离

我还没写到的死亡
我永远都写不出来了
想继续活着，并且活得好好的
这一生像一只船
在一条河上漂着，有时候有人上船
渡过去了，也有人选择上岸
这一生就这样了
无所谓爱恨
我划我的船
无数个白天都划过去了
我划着船
在夜里看着万家灯火
我的船上没有灯
我的骨头里还没有生出火

（原载《西部》2022 年第 1 期）

穿过石头的水

冷　杉

没有谁能保持自己
这是指，那些流动的水
那些存在于集体之中的水分子们

每一滴水都身处动荡
它们易于改变天性，也易于裹挟

但这不是重点
它们也没有准备突出自己，这些
连面目也尽可失去的战士

你看到的滴水石穿很励志，你看不到的
多少年来
水有无法掌握的命运
石头在拼死记录

（原载《山西文学》2022 年第 6 期）

妻子来信

罗振亚

请一百个放心吧
你真快啰嗦成亚翁了
吃药插门关窗的临行嘱咐

是我每晚必温习的功课
如今越来越熟练
你说那十七层的孤独
和一百多平方米的寂寞
被我放养了许多蹁跹的蝴蝶

婚后我就练成了一种功夫
只要你一离开视线
我就住在思念里
不停地和你说这说那
思念是一座安全岛
上面开满了各色的荷花
我睡着她即休眠
张眼她便瞬间绽放
清香连绵
风雨不误

你不妨也到岛上试试
说不定一起身
就被清香撞个满怀

（原载《扬子江诗刊》2022 年第 3 期）

飞鸟争相表达风的偏见

吕 历

有了一千想一万，
当了皇帝想成仙。
——民谚

葱茏的竹林，嘀嗒斑鸠的咕咕
百鸟朝凤。鹤唳的风声，被漫天雪花
译成了喜鹊的原唱
红梅的枝头挂满早春的灯笼
梁上的种子，窃窃私语

朝颠夕簸。呼啸的风声鞭辟入里
满山的柏树像生根的陀螺，原地打转

小桥呵护流水，枯藤缠绕人家
群英投奔他乡。弯腰的
芦苇像隔世的秀才
摇头晃脑，逆风生长

生死事大，如前世的技艺，如今生的
口粮，如神的耕种
百草皆可入席，入药，入诗，入画
乌云落花成冢。趔趄的罗盘
却始终打不开
豆荚的来龙，树叶的去脉

钝刀斩不断乱麻，朽木尽可取火
石磬丁丁，法声呢喃
寿终的人，瞬间就进入永恒
近水知鱼性，天干出谣言
农事纷纭。飞鸟争相表达风的偏见

（原载《草堂》2022年第7卷）

空寂之道

毛　子

一只碗，守着它的形状。
这里面，有一种毕其一生的东西。
你无法将那东西倒出来，它是空的，看不见的。
它让人想起那位旷世的画师，晚年放弃了色彩
绝迹于空无。

哦，空无。恍如一个球状的回声冉冉升起。
在它的边际，大唐东土的玄奘
还跋涉在大漠西域的途中。
广寒宫的吴刚，还在砍那棵砍不断的树
而面壁的达摩，依旧一动不动。

而画师、达摩、玄奘、吴刚……
他们都在毕其一生中
和这只碗融为一体。

现在，打破这只碗
但我打不破，它的空。

（原载《人民文学》2022 年第 2 期）

骑着中年的老虎

马　嘶

在树影下获得的眩晕，仿佛饱满而
闭羞的光籽。通体紧张

大学城里，忧伤的古典少年
搅着初夏的腰肢，让我充盈，虚炙

我确认，我曾经来过这里。蝴蝶的双眼在
暗处试图一遍遍启示我，恢复我

像山脊那棵古老的，十八岁的香樟
一次次接通舌尖上消失的电流

和点燃颅内烟花。酒饮至凌晨
少女怎么才能重新回到樟叶的体内

我怎能重逢抱头痛哭的我，青年
的我。一头情欲饱满的小兽

像今夜在灯下漫步，我骑着中年的老虎
当然也是为了引起年轻人的注意

（原载《诗刊》2022 年 3 月号下半月刊）

石头谣

马占祥

石头也会成为河流。在西北，
他们一个靠近一个，挤着，
流向下游。最终的归宿，就在山下，
巍峨的驿站，会抬高风声和月光，
来自西伯利亚的云朵，会靠在石头上，
栖息一会儿，它们走得够远了——
森林和戈壁的水光，充满了寓意，
在夕阳后面，石头的铠甲，
写满草稿——那是天空旨意，
如披风一般，遮蔽香茅草的细密花朵，
提前将一弯新月挂在半空，
指明路途。

（原载《作品》2022 年第 11 期）

会饮归录

马泽平

我往往羞愧于在人前谈论酒
——这不息的异形之火
它释放热量的过程
总会使我陷入头疼，饱受折磨
但这半辈子
我也有过喝到二两白酒还没醉的经历

那是在北京工体附近
某个餐厅，某个周五傍晚
我刚刚娶回自己心爱的女人
我和我的女人宴请好友
并在祝福声中
喝掉一小杯，又一小杯，喝掉二两
但我知道自己不能醉
夜色苍茫
从团结湖过天安门再途经六里桥
到晓月中路（我们暂时的落脚地）
需要一个多小时
需要乘地铁再换出租车
我知道自己必须清醒着出门
话别好友，踏上归途
我得像我的姓氏
像我通过文字向别人讲述过的烈马一样
压制住胸腔深处的火苗
护送我的妻和孩子
穿过夜色苍茫的北京
返回我们将一起编织的安详梦境

（原载《当代人》2022年第8期）

接近中秋的夜晚

梅依然

我的手已经离开夏天
离开父亲和母亲做的篱笆
没有什么事情发生

它们显得有些孤独
垂放在我红色裙子的两侧
我的脚轻轻踩在薄薄的落叶上
它们准备要穿过一条长长的林中路
回到属于它们的地方

接近中秋的夜晚
月亮带着一张潮湿的面孔
垂挂在我的瞳孔
我还没有想起要思念谁

（原载《诗刊》2022年10月号上半月刊）

上帝为什么植树

麦　豆

如果有一天
树叶不再凋零
我们像上帝一样
制造一棵棵假树

午休时的清洁工
该在树下清扫什么
我们又该面对何物
倾诉心中的痛苦

（原载《青年文学》2022年第10期）

回家的路还很长

慕　白

注定会和所有的人分手
我不再嘲笑那个刻舟求剑的人
谁的一生不是打水的竹篮
时光的风一天天吹在我身上
也没留下点什么
就像我每天早上起来
喝下一杯水，再吃早餐
其实是徒劳，谁都无法长生不老
如水中月，我的房子
盖在空中，盖在自己的梦里
下雨了会出太阳
天晴了又会打雷，会刮风
一个人就是一座庙宇
和尚念经，屠夫杀猪
各走各的路，各修各的浮屠
树绿着，太阳还在黑夜里
回家的路还很长
我可再搭一些积木
我和许多人一样，深爱这世间
不缺推着石子上山的勇气
我站得太远，不敢走近真相
总有一些东西比生命
更重要，比如正义、爱和善念
我缺的是
一颗失败的心

（原载《星星·诗歌原创》2022 年第 2 期）

郊　外

娜　夜

没有人
就是没有我想看见的人

蝴蝶　蜜蜂　蜻蜓都不认识他

松鼠放弃了一次跳跃
熟透的果实　内核是坚硬的

雪地上有三重阴影：我的　树的　寂静的

失去听力的喜鹊
嘴巴闭得更紧

——没有召唤　必须自我唤醒

（原载《北京文学》2022 年第 10 期）

屠宝石

聂　权

风尘未必少英雄
有客有客屠宝石

昔为大贾时
京师满知交
门庭车似流水马如龙
获罪戍边日
亲朋一人无可托

彷徨无计中，一咬牙
所余家当全部，金万两
交相好青楼女保管
多年后，他侥幸，活了下来
视茫茫、步摇摇，回
青楼女微笑，为他庆祝
将万金交还，箱上封识积灰
她也老了几分

（原载《十月》2022年第5期）

看见一个人

牛庆国

在与风摔跤的庄稼中　我看见一个人
在天空晃荡着太阳的旷野上　我看见一个人
在荒草吹响唢呐的山路上　我看见一个人
在灯光瞅着碗底的屋子里　我看见一个人

我看见一个人　用一根针挑亮每一颗星星
我看见一个人　从一只瓦罐里倒出河流和种子
我看见一个人　把漫天的风雪背到一口锅里

我看见一个人　用锄头临摹闪电写下的文字

我看见一个人　站在山头上指点风雨
我看见一个人　蹲在我的诗歌里　帮我拔掉杂草

（原载《诗潮》2022年第10期）

定

纳　兰

庐山烟雨浙江潮跟还至本处是同义替换
互粉——
是一个慢词贴近了另一个快词
夏虫和冰，
双向奔赴。

是一颗心遇见了一片光
是一颗心被划归了一片私有领地。
是慧抵达了
定。

我已循着根茎触及沉默的生活
也已顺着光走进了向日葵的内心。

（原载《草堂》2022年第9卷）

移　山（节选）

欧阳江河

9

从鹰眼往盲鸟的眼瞳深觑，
并无群象起伏的山峦。
重和黎，合力分开太一，
拔除一些无根由的杂俎。
山，拔剑而起。
一座大山横亘眼前显然不够，
两座山，又增加了第三座。
各种鸟兽，叫声不绝。
登山者陡然一惊：山已移去。
只剩喊山，转山，跪山。
喊山的人互相听不见，
转山人，磕三生三世的长头，
而跪山人对膝盖的挑剔，
变得如锯掉双腿一样崇高。
随登山一起升高的顿悟，
终是触手不及的非山。
无远可修，无山可登，
山外山的多重暗影，
如重瓣莲花。
登须弥山的人，
下山后，避而不谈他山。

17

太行山从头脑里移出之前，
先得移动昆仑山和终南山。
而十万须弥山，
被一只圆形古瓮
密封起来。
万物互联的时空观，
并非脚手架和骨架所搭，
算不上人神攸关。
如此劳神地挖山移山，
又一步一回神，
去千里外登山，
只为有生之年能领略
这绝顶之美的片刻宁静吗？

18

移山之后，平原出现了，
大片大片的沙漠也出现了。
然后，在海市蜃楼的建设工地上，
在顶峰之巅的更高契合之上，
出现了一片深海。
几乎觉察不到山海一体的迹象。
老愚公化众水之幻象为独步，
如是，那个负舟入山的远人，
会是传说中的获麟者吗？
太行山从未成为格式塔，
更不用说行星的足音覆盖其上。

流水无心，轻若洗耳。

（原载《大家》2022 年第 5 期）

星

庞　培

天黑得好像我已下楼散步
好像这个春天多年以后仍旧
值得回忆
窗外一派湛蓝
逐渐转暗成黑蓝
之后一动不动
成为夜空之蓝，适宜最邈远的
闪耀的星星

我的消逝
我在世上任何经历
都已不为人知
如果我曾有过一次爱情，那么
也像一颗可能的星星在这个春夜
那么小，迟至夜半闪亮
但不确定。它那淡漠的一吻之下
没有任何人类的田野，或人类的眼睛

（原载《诗刊》2022 年 1 月号上半月刊）

旷野之葵

彭惊宇

旷野之葵，是北方古老的精神谱系
是准噶尔地平线上永恒存续的一抹微光

旷野之葵，一片浩瀚无际的秋葵之海
展现生命轮回的壮美风景，与褐色大地浑然相连

它们是青铜列兵，是拓荒者不朽的雕塑
是我们日渐苍老、或已远逝的父亲们的群像

旷野之葵，曾经有过金色年华的缤纷迷梦
重瓣葵花向阳盛开，比阿尔的凡·高更痴狂，更热烈

旷野之葵，结满籽粒的葵盘——垂首沉思
仿佛罗丹的《思想者》，在追问，在叩谢泥土的恩情

旷野之葵，犹如残损的鹰翅，执傲不屈的夸父的头颅
犹如父辈们低沉的骊歌，引领我们向古铜色的夕阳走去

（原载《绿洲》2022 年第 6 期）

晚　安

破　破

有一本书，等我打开

有一场离别，我不曾赴会
有一座远山，等我起行
有一种优美，我只能暗自伫观
有一只仓鼠，惊恐在路边，幸由我救护
有一首诗，不必我写
有一个我，就在昨天
还被她记挂
现在，深夜十二点三十四分
有一只蛐蛐，跟我到家

（原载《鄂尔多斯》2022 年第 2 期）

最初你以为她是孩子的母亲

泉　子

最初你以为她是孩子的母亲，
跪在离劫匪两米远的台阶上。
劫匪戴着头盔，
锋利的刀尖，
抵着孩子的颈部，
他身后是另两个倒在血泊中的孩子。
有一度你以为她是谈判专家，
当她为他递上一瓶打开的饮料，
然后不停地和他说着话。
你是在事后知悉
她是偶然走入现场，
在劫匪向警察发出十分钟最后通牒的一刻
被推向前的
一名刚刚领到记者证的倾听者。

当守在一旁的狙击手
扣下扳机，
你分不清那是子弹出膛
还是脑袋炸开时产生的
一种巨大的轰鸣。
当她逆着欢呼的人群
掩面、夺路而逃，
在网络直播，
在整个世界的注视下。
而正是她
在那一瞬中的胆怯
与软弱
让你泪如雨下。

（原载《诗潮》2022年第2期）

突然想到河流

钱万成

没有一条河流，出发时不怀有梦想
就像诗和远方是每个年轻人的标配

没有一条河流，一路上会一帆风顺
被高山阻拦，从悬崖上跌落
是谁都无法抗拒的现实

没有一条河流，可以直接流进大海
就像那些在江湖上行走的人
必须懂得融入，懂得迂回

没有一条河流，能够永远保持清澈
山洪袭来，泥沙俱下，湍急处
还会留下泡沫和漩涡

没有一条河流，路上还能迷途知返
如人生，妄念一动，即坠万丈深渊

（原载《中华辞赋》2022 年第 4 期）

立春记

晴朗李寒

已是二月，林间的残雪
还没有完全消融。一棵棵树木
默然肃立，还未从冬眠中苏醒。深夜
仍有寒流从我们的梦中掠过，
清晨的败叶上，
还遗留着一层浅浅的霜影。

那些人呢，都去了哪里？
散步，舞剑，抖空竹，打太极，
铿锵的舞姿，孩童的欢笑，
仿佛被隐形的手指一点：删除，清空。
泥泞的林地上，只有犬粪
和犬足杂乱的行踪。

是谁遗弃的黑口罩？像干瘪的蝙蝠，
疲惫地蜷缩在枯草里，

像是还没有摆脱紧张的窒息。
是哪个孩子折叠的一枚小纸船?
在干涸的泥泞中抛锚，似乎
还沉湎于快乐的记忆。

我知道，当我的身影从林间穿过，
这世上，又有不少新人到来，
也有不少旧人离去。
哦，对了，明天就是立春，太阳加速
北上的步伐，我已经听到
石缝间苔藓和嫩芽的怯怯低语。

（原载《诗选刊》2022 年第 10 期）

大藏寺，山水合掌的恩施

秦　风

有一种道路，是独自离开
向上的高原与峡谷，成为一种退守

高原每抬高一步，天空便低了一头
在人间，欲望的每一步都是苦难的深陷

有些灵魂，给肉体跪下
有些命运，给苦难跪下

有些天空，给大地跪下
有些泪滴，给自己跪下

一炷香，把自己插入灰烬中
替那些跪下去的事物孤单地站着

俯身的光芒，是内心的钟声
仰视的头颅，是山顶的云烟

我不在人间。在白云外
以草原的自牧，与高原的自诩

（原载《中国文艺家》2022年第4期）

采摘的妇女

人　邻

恩赐是自会降临的。
结实的女子们只是在那日子，那清晨
——她们知道在哪座山谷，
哪一处妖娆的坡地。

她们知道——
哪些可以获取，哪些是给别人的，
哪些要留着——以俟来年
开花结果，再次繁衍肉欲般的肥甘。
哪些不能，是禁忌；
哪些——有诅咒之毒。

她们只采摘那些
神恩赐她们的——
有如神赐予女子分娩后乳汁的丰沛。

她们说：人？我们不知道。
不知道什么是人。
我们只知道没有哪一处的水流，
不为焦渴而潺潺流淌，
没有哪一只林间鸟，不在清晨鸣叫，
没有哪一个健硕女子，不怀春骚，
没有哪一夜，不热爱尽欢的眠床，
没有哪一天，不是日落复又冉冉升起……

（原载《草堂》2022年第2卷）

轻　视

荣　荣

当时肯定有什么新奇的想法，
我叫你，想对你说出。

你朝着另一个人，正说得
起劲，装作没听见。

这是酒后的坚持。理智终究回笼，
我被抓住了，一只傻鸟。

我安静地走开。你并不需要我的
想法，那个圈子也是。

它是我虚设的桥梁，也许通向
一个真理，或是一记愚蠢的叫嚣。

（原载《雨花》2022 年第 8 期）

为只是骨折而祈祷

冉 冉

上一次想到骨头时，傲气
尚存。那时的脊骨和膝盖，
年轻光滑，柔韧坚实。

如今桡骨开裂，细细的缝隙
分出了两岸。遗忘之物
都伸着钓竿——你会诧讶
一粒沙去钓另一粒沙吗？
上钩者欣悦地衔住了钓饵。

为只是骨折而祈祷，
为一直共处却未谋面的桡骨
祈祷，为组合成头颅骨、
躯干骨、四肢骨的
二百零六块大小骨头祈祷。
祈请那些长骨短骨
圆骨扁骨所支撑的愿力，
持续滋养绵长的岁月……

（原载《民族文学》汉文版 2022 年第 1 期）

一面悬崖

冉仲景

我是怎么来到沟底的，
我不记得了。
那么多水滴从空中跃下来，
有的打湿头顶，
有的则坠入了深潭。
它们无声无息，
没有预备好看的姿势，
甚至连告别词都没来得及撰写，
就消失于潭水中了。
无须仰头，
我也能看见那面隐形的悬崖。
因为清澈的水底，
已经倒映了
我一夜变白的头发。

（原载《民族文学》汉文版 2022 年第 10 期）

生　词

任　白

我遇到一些已经变得生僻的词汇
发出旧衣物上的樟脑气息
但它们质地坚硬，像金属纽扣
负责锁住往日风雪

和长风衣上猎猎作声的摆动
我想起时而拥挤时而空寂的街路
想起地铁口那些在不同的脸上
坠毁的雪花，唯独你
试图保存无数在寒潮中
凝结成的美丽晶体
用图像或者文字
但它们必须都是生僻的
带着未经磨合的艰涩和锐利
必须在时间中洗净了语言
必须在热恋中锻造了光芒

（原载《诗歌月刊》2022 年第 1 期）

上善若水

尚仲敏

酷热的、闷骚的夏天
重庆人说，这是最后的夏天
那还不是因为热
这简直是个
热得不要脸的夏天
与其去朝天门喝酒
还不如一个人
待在房间学成语
老子说，上善若水
他是教我们怎样做人
在这个毛焦火辣的
重庆的夏日傍晚

上善若水
我看中的是
这四个字带给我的
阵阵凉意

原载《重庆诗刊》2022年夏季卷

自然课（节选）

哨　兵

1

我父亲，七十八岁。中学校长退休
网购我的诗集，读两页就在行间
朱批：简直在糟蹋汉语。这是象征
我儿子，理工博士在读，见我又央求
帮忙把手稿敲进电脑，昨天
送我最新款 iPad，恳请我
嗨哥们儿，别太在意传统，世界
由现代技术支撑，不是诗
这也是象征。而我写作
从未满足这两代人，我仅取悦
自己，并给未来立下遗嘱

2

我以诗探寻洪湖，并在泥水里
插栽语词，如植莲
种藕。暮春。午夜一点

步入夜间荷塘边
最深的寂静，虫鸣
模仿人世的喧嚣，却把寂静
加重一分。要是天亮
你会惊诧几朵荷挂不住朝露
却早早地开了，如奇迹
其实大可不必。我在水边
半辈子，也没悟透
莲的一生，不懂寂静
如何让空气和虚无熟成莲花。世界
未知，小荷却露尖尖角，现实
早已破湖而出

15

写一行，死一回。再写
才会重生。诗
总是这样折磨我，站在
自然那一边，在菰草
潜鸭和水云深处
在我的对立面，野生
语词。我却在人这一边寻找
句子和声音，与诗
远隔一阵鸟鸣，从没接近
更无力抵达。多年来我已认识
每只鸟儿。我一直等着那只关雎

（原载《诗选刊》2022 年第 6 期）

今年春天

商 震

往年春天来的时候
花园里挤满了人
那些人分两类
一类是来赏花的
一类是想让自己开花的

今年春天
因为疫情人们都困在家里
公园里的花依旧开着
困在家里的人们
一部分想象着往年看到的花
一部分想象着
往年自己是怎么盛开的

（原载《山西文学》2022年第8期）

回 答

单永珍

一棵草被割了几回
刀子知道

一场私奔的雨逃出云彩
白腰雨燕知道

一股风裹着多少沙粒
眼睛知道

擀一条毡要多少毛
羊知道

从秋风到冬至
马知道

头顶上修了几条路
鹰知道

鱼儿身上几片鳞
水知道

世上有几座白塔
佛知道

我把你爱到东方动了
你咋就偏偏不知道

（原载《星星·诗歌原创》2022 年第 7 期）

长安大雪

三色堇

从秦地到北麓，雪越下越大
我目击了它的来临

它们加快了飞蛾扑火般的速度
急迫地，要彻底覆盖荒凉的尘世

孩子们挥舞着小手
脸上闪着快乐的光泽
许多白色的事物
足以让我以爱的名义陈述

有一片恰好落进我的眼眶
我承认，这颤动的苍茫
让我无须再去打探更多的雪事
在被淹没的真相里
身体里的大雪，正簌簌而下

（原载《绿风》2022 年第 5 期）

流水之诗

三　子

有时流水是一种记忆
具体的细节，只在静坐的时候浮现
闪着磷火般的微光
有时，流水是一场恍惚的梦境
黑白的空间，有人来回走动
却始终看不清身影
有时用力张嘴，却发不出半点声音
现在，我写下这些
试图接近流水的内部
可是中年以后的流水，不是

三十年前的流水，绕过省城的流水
不是某个县城的流水
现在我写下的流水，也不是我们
曾经一同蹚过的流水

（原载《扬子江诗刊》2022 年第 4 期）

狐狸的兴趣

桑　克

全都不好，
垂着蒴果的梓树，还有隔着
数百米的桑树叶子，阳光从反面
照过来，显示出静脉一样的叶脉，
凑过耳朵，还能听见里面的抱怨或者交谈——
药越来越难吃了，难道糖精与电一样
脱销了吗？外卖员们全都被堵在
高架桥上，好像一团自我纠缠的鞋带，
结构复杂，堪比秘密的石榴。
他的投机是显而易见的，一会儿是吃石榴的人，
一会儿又假装是石榴。最终他只有变成
一只没人搭理的狐狸。真狐狸
躺在沙发上玩遥控器，对一个
时髦湖产生琢磨的兴趣，形状像五爪械，
而灵魂则是一个伐木工人。
休息的是油锯和油壶，而从墙上的
浅色人形轮廓就能判断出家庭的解体周期。
小猫也不必弹吉他，默默地抄笔记，
把一根狐狸毛逼真地描在

清清白白的肺里。

（原载《诗建设》2022 年第 2 卷）

第四笺

桑　眉

那是怎样一个夜晚呢？
他们抽烟、合影，说似是而非的事
我们嬉笑、簇拥着去买酒
路过白天目睹过夕阳的石桥
霓虹正把一条简朴的河流，装扮成
桨声灯影般的“秦淮”
月亮在小镇上空垂帘
是一面寂寥宝鉴
当时并未映照出什么端倪
传说中的红胸鸟并未出现
荆棘在黄昏时分路过的墙头
封锁一朵蔷薇……
但后来我哭了，你不知如何安慰
我们紧紧抱拥
像两块突然铁了心的石头。滚烫的石头
——那是怎样一个夜晚呵！
又深又沉

（原载《诗歌月刊》2022 年第 10 期）

风　格

桑　子

深思熟虑在诞生时已死亡
倘若它迂回在森林，成为陈腐的注脚
倘若它找到了时间的索引，基于内省
屈服于某种主张
倘若有一首歌能在每一块岩石上获得
不屈不挠的回响
怎样的曲折、算计与起伏
才能像驯兽师一样将皮鞭
甩在赤身行走的光芒之上
不能，它们如此抽象
而我们服从具体
我们向外生长的一切受制于
家喻户晓的对与错
现在，你沿着任何一条路都可以找到我
这正是我烦恼之事

（原载《作家》2022 年第 4 期）

种植闪电的人

森　子

夏夜，种植闪电这棵大树
一般我们只折个枝丫，纪念似的疯回家
我们的家繁衍光阴

也孵化纷乱

我们提着心，如提着6.5公斤水
在沙丘间行进，听那水声
叮咚，叮咚，叮咚
止住内心的草莽

不必割开树皮，我们就能得到热泪
你可以想象电流干过的坏事
我们一边顾影自怜
一边埋下孤单的电线杆

我们是种植闪电的人
劈开房子只是为了救出积压于内心的多肉植物
你说，每棵树都是闪电的私生子
在血缘关系上他们是奇迹的至亲

（原载《诗林》2022年第4期）

玛尼石

沙冒智化

在一堆石头的脸上
看到了很多张着嘴巴的语言
摁着手指间懒散的珠子
使劲儿想了想
没有想起她们要说什么
傻咬了一口舌头
跑出去的痛

抓着转经道上的老奶奶
嚷嚷了几句
老奶奶把额头放到石头的怀里
让石头说出了话

（原载《人民文学》2022年第4期）

布罗茨基的拥抱

沈　苇

“拥抱你们的苦闷……”
布罗茨基对达特茅斯学院的学生说
有学生轻松登山，登高望远
有学生跳入窗外的苦闷之海
沉得越深的，浮起得越快、越有劲
像鲸鱼，朝天空喷射高高的水柱
苦闷之海连通年轻的心
连通太平洋、大西洋、北冰洋……
医生对悲伤者使用药物
东试试，西试试，经常试错
布罗茨基不是医生
没有一粒最小的药丸
只在医院停尸房干过活
继帮助过他的诗人奥登说过
“请相信你的痛苦”之后
布罗茨基恳切地告诉年轻人：
“颂扬并拥抱你们的苦闷！”

（原载《十月》2022年第4期）

滇牡丹

施施然

不同于平原曲径雕栏里的
闺秀。滇牡丹
根植在高原之巅
开阔的蓝天为背景
梁王山的红土和海拔
滋养她。清冽的空气中
芍药，玫瑰，月季，绣球
众花神簇拥她雍然伫立。比
宫里的皇后多了巾帼之气
比流落民间的侠女
又多了倾城的华贵
当你想要俯身，摘下一朵
她令人惊异的气度
暗含着拒绝
她是整个云南高原的精神
或灵魂。没有肉体
她就是思想本身

当夜幕无声地覆盖大地
她像白天一样醒着
没有睡眠

（原载《作家》2022 年第 10 期）

乡村十二帖（节选）

瘦西鸿

5

她紧抿着嘴唇　守着家教的牢笼
守着手上的指纹

天空裂开　漏出闪电　一根红色的舌头
把山丘说破　一条土路
绕过众多的院子　走到一棵树前

花开在前年　去年的光阴如祖母的脸
藏在红泥中间　不敢翻身的女子
翻不动胸前的块垒　举着油灯
爬到树梢上　找不到下地的叶子

季节嘟着嘴　喉头哽着二十四节气
尤其端午　陈年的艾香比果实锁得更紧
内心的战栗　紧裹一件绿色的胎衣

一个乡村的女子　紧闭嘴唇
走在城市的大街上　却找不到出路
面对一洞洞诱惑的眼睛　开还是不开
她像一朵花　在犹豫中错过了季节

贫穷的岁月里　一粒守身如玉的蕾
即使开口　谁听得懂她家世的秘密

7

上扇是上顿　下扇即是下顿
一副石磨　像一对默契的夫妻
旋转着　磨出沉默的日子

牙齿咬着牙齿　爱需要磨
恨也需要磨　沉默中的一首歌
几代人哼了足足几百年

如今　一副石磨被生活遗忘
在废弃的老房阶沿上　这一对老夫妻
紧紧抱住对方　他们已无力歌唱
也无力再去研磨　身旁堆积如山的时间

8

等这些树枝　在夏末穿好衣服
村里的天空　便所剩无几了
倒仿佛绿荫是天空　天空只是枝丫

两个行色匆匆的老人　连招呼都不打
他们要赶在天黑之前摸路回家
而树荫间漏下的光斑
有些像零钱　买走了他们额头沁出的汗珠

被一声狗吠吸引　其中的一位老人
在寻找庄稼地　但遍地都是野草
他在田野间撒手　不再做自己的农夫

当另一位老人　把枝丫般的天空
揽进怀里　整个村子便黑下来
这个继承全村遗产的人　面色也黑下来
他再也找不到继承者　分享来日

（原载《中国作家》2022 年第 11 期）

归来者

霜　白

有时我怕更深入地了解一个人。
当他为我打开回忆之门，
沿着他的足迹，我体会到了
他曾经的困苦、磨难和艰辛。
我未曾见过多少比幸福更高的幸福，
我只看到过各自不同的不幸，
比不幸更多的不幸——
在每一个人的过去中，
我再一次领受了它们的折磨。
即使是那些成功者、小人，甚至仇人，
都让人心生怜悯和哀伤。
可是又如何呢？这只能证明
我是一个贴心的局外人。
从来没有一种对等的感同身受。
每一次，当一个人无比平静地
向我讲述沉重过往，
我都如同迎接一名九死一生中
归来的英雄，他令人肃然起敬。

（原载《诗选刊》2022 年第 8 期）

最后的枣

宋晓杰

荒野廓大
几棵枣树是可以忽略的
何况，一道土塬压低了头颅
它们横向发展的趋势十分严重
以此，与乌有的压迫抗衡

像拾了宝贝的孩子
人们兴奋地奔跑、喊叫
远山也跟着起哄
我呆立着，四伏的寒气
从脚底升腾

枣树遒劲的枝丫、尖锐的刺角
多像利爪——
残存的几粒红枣
正被隐身人把玩于
股掌之中

（原载《福建文学》2022 年第 11 期）

闲　逸

孙　思

一朵花立在水边
它的闲逸，让一棵树起急

一只蚂蚁忍不住，伸出其中的一条腿
想探究一下，花跟下面
是否有，更隐秘的延伸

一只蜜蜂，内心清亮
准备着，一场雨到来之前
瞄准花蕊，狠劲啄一口

（原载《星星·诗歌原创》2022年第11期）

上　桥

石　莹

红砂石的挂钩，把上街和油榨坊勾连起来
老榕树的伞卧在桥头
像栓门的楔子，柔韧而又安详
把老城困顿成封闭却又外向的容器
石桥从来不会嫌贫爱富——
修鞋匠占一角，算命和卖菜的一字排开
懵懂少年和酒醉汉子坐在桥墩上
现在是在外晃荡多年的我

也在旁边坐了下来
榕树下的风替我放映一帧帧的错觉
青涩的男生，第一次朝我吹响口哨
新桥架在十米外
车灯流水地开过，像一排字幕牵引出哗哗的词语
有时候是一群谢幕了的名字
新房子涂改掉旧街区，念旧的人内心澎湃
抚摸石栏杆上标语下我刻下的文字
我仍然是个蹩脚的诗人，天马行空
又心怀山河空念。我赤脚一次又一次走在桥面上
温习旧时的连环画
或者是倒叙

（原载《辽河》2022年第5期）

云冈石窟

孙文波

莲花石座上的升腾，带来的白云
悠悠已万古。通往的秘境，在哪里?
仍是一个谜。如此，我们的凝望，
只能窥见石头的坚硬，没有抵挡住风霜的
剥蚀模糊五官，失去的部分化作尘埃。
仅仅留下想象的手艺在运转，
把一个个洞窟，装上木制的大门，和栅栏。
唯有引申义，引申出还有另一个世界
能够安放灵魂。或者变成对美的新定义；
无用之用在于能够把人的眼光从现在带到未来，
制造出一个虚空；实在的虚空，比实在更实在。

就像在心里安放一座大殿，或者
安放一座座绿意存在的山峦。只是有什么用？
是善吗？几平方公里的善，一旦转身，
顷刻间化为乌有。污浊气流淌在物质构成的
价值观上。它们关乎了贫与富、饱与饥。
直接支配如何看待明天。就像无数人来到这里，
是为了寻找自己的明天。他们有明天？
作为疑虑，必须升起成为一个诘问。巨大的，
比十几米塑像更高的诘问。让人不得不怀疑
造访的意义何在。除了对工匠们没有
留下名字感到痛惜。对信仰，生出不敬。
还需问：什么是大千世界，是不生不灭。

（原载《十月》2022年第5期）

向两个伟大的时间致敬

汤养宗

两个伟大的时间，一生中
必须经历：日出与日落
某个时刻，你欣然抬头，深情地又认定
自己就是个幸存的见证者
多么有福，与这轮日出
同处在这个时空中
接着才被一些小脚踩到，感到
万物在渐次进场，以及
什么叫被照亮与自带光芒
而在另一个场合，群山肃穆，大海苍凉
光芒出现转折有如英雄又要离场

仿佛主大势者还有别的轴心
落日滚圆，回望的眼神
有些不舍，我们像遗落的最后一批亲人
面对满天余霞成为悬而未决
认下这天地的回旋
大道如约，接纳了千古的归去来
这圣物，秘而不宣又自圆其说
保持着大脾气
万世出没其间，除此均为小道消息

（原载《北京文学》2022 年第 2 期）

灯笼花诗

凸　凹

这些从地里长出的灯笼
红到了骨子里，不像那些碰不得的
俗物，一摸就脱色，连洗手的水
都红得有了胭脂气。大地的红灯笼
被藤蔓的立柱和绳索
挂在我家小小花园的东北角
风吹不熄，雨淋不灭
连头顶三尺的雷电，也不能令她们因失火
而大惊失色，及至殃及池鱼
因为她们的存在，我家总是
大红灯笼高高挂，一年三百六十五天
天天都是节日。我家花园有很多花
但地下室的天窗能看见的唯一花
正是灯笼花。如此，地下室

这间二三十平方米的图书馆，其形而下的
无奈与苦楚，刚好被形而上的美学止损持平
今年夏天，郎酒庄园，我们
提着灯笼上山，把洞藏了一亿年的老酒
找了出来，把黑夜照成了白金
即便这样。即便我家的灯笼
昼夜长明，还是有许多物事，譬如
藏在内心的东西
依然是提着灯笼也难找

（原载《特区文学·诗》2022 年第 8 期）

谒庞统祠

唐　力

刚踏过门槛，一支箭破空而来
满地的词语铮铮嗡鸣

一支箭惊醒我的眼睛，辨认青铜之血
一支箭惊醒我的耳朵，听取牺牲之花

一支箭惊醒我的骨骼，致敬松柏千年的茎脉
一支箭惊醒我的血液，伴随凤凰起舞的节拍

凤兮凤兮，灿灿其羽
凤兮凤兮，晔晔其节

一支箭惊醒英雄，走在赴死的路上
一支箭惊醒马革，裹住勇毅的魂魄

一支箭惊醒烈士，丹心如铁
一支箭惊醒泪珠，慷慨如雪

凤兮凤兮，灼灼其华
凤兮凤兮，烈烈其血

一支箭破空而来，将死亡钉在历史的册页
一地的词语哀鸣不已

（原载《诗潮》2022 年第 11 期）

成为杜甫

谈　骁

暖气房换成漏风的草堂，
射灯换成蜡烛，
指纹锁换成柴门，
巴西铁木换成蜀中松树。
寒风不用换，被寒风吹得哆嗦的嘴唇不用换，
无法开口，就在心里默念。
僵硬的手指不用换，字迹歪斜，
一阵来自灵魂的颤抖。
脆弱的肺不用换，
空气凝滞，尚能呼吸。
桥下的巡司河，可以换成浣花溪，
你喜欢在桥上停驻，
看不了太远，一条河隐藏了源头和终点，
不用看太远，楼房的灯火换成闪耀的星空，

夜幕笼罩，你正将内心的群星一一辨认。

（原载《青年文学》2022年第6期）

夜　色

涂　拥

五十年的老房子
一盏盏灯在陆续坏掉
先是卧室，梦中醒来
我再也按不亮
自己灭掉的光泽
后来在餐厅
那么多闪光的色香味
来不及品尝
突然“啪”的一下就进入夜色
左邻右舍灯火通明
城市也彻夜不眠
我却老房子一样陈旧
光在一点点减少
经常举着坏灯泡
大街小巷找不到匹配型号
虽然尚有换灯的勇气
却往往费尽余生
也无法接通自己有过的光亮

（原载《诗歌月刊》2022年第1期）

一只黄蜂

王家新

四月初，一只黄蜂
竟然又飞回来了
飞回到这座阳台上

而他的家——那砖槽缝里的巢穴
在去年夏天
已被蜡胶封死

而我坐在阳台的一角观看
这只孤单的黄蜂
他凭着怎样的记忆
重又飞回到这里？
他的成群的同伴如今都在哪里？

他在封死的家门口盘旋又盘旋
最后飞走了
而在那最后的一声嗡嘤后
我需要承受的
是一种怎样的寂静？！

（原载《长江文艺》2022 年第 9 期）

突　然

王　寅

今天下午
巨大的海鸥
俯冲飞入步行街
发配到图书馆里的鱼
吃着水果

受伤的人抬着担架
走过街道

山坡上的雪入睡的时候
我们还醒着

今天下午
剿匪的夏天过去了

（原载《青春》2022 年第 2 期）

内部源

王学芯

我轻盈的身体
进入锃亮的工业内部　一只手
光把微电子和集成电路的芯片缓缓拿起
放在一种速度与互联网连接的景象里

看到许多面金属的镜子
自己的形象
有了几分精致
软件如同大脑里的神经
产品寻找的许诺或更新换代的周期
所有尺寸
攮了攮激发的兴趣　适合每毫米感觉
恰好升起的光点像凤凰羽毛一样曼丽　绣在
晶圆的云朵上
精确到了一片树叶的茎脉
使看到的或窗户里的树丛
绒状的鸟多了些斑斓的羽毛
带出枝梢灵动的姿态
这种重大变化　继续变化　视觉连续怒放
工业和生活的两种或多种之间的联系
状态　心灵　思维
初始经历的现在　环形园区
仿佛流畅的空气
都在围绕简捷的节奏
在加宽
领域的边际

（原载《星星·诗歌原创》2022 年第 5 期）

致茨维塔耶娃

王单单

抽烟。嗜酒。甚至有点老了
她住在所有时间之外，无限空间的内部

她正赶在黄昏之后
抑或某个幽暗的角落
擦亮火柴，这团光
让她成为黑暗的中心
成为自己的主人
这团光只爱她
噙住她的脸，像她的爱人
也像她的父亲。遗憾的是
这光照如此短暂，还是丢下了她
让她愣在自己的身体里，像一颗籽粒
她要发芽了，在我的身上
在我们一起拥有过的灰烬中

（原载《诗刊》2022 年 8 月号上半月刊）

息　烽

王　冬

午后，我抵达车站，短途距离
很快我就到了住处，床四周是圆润长木
半透明蚊帐，一个旧上海式座机
烟灰缸藏在右边抽屉，我躺下时打开空调
呼出冷风，窗外有人播放音乐、跳舞
我羡慕她们，每一个旋律都击中我心
在我双臂优美时没有空闲，而现在
我只能缓缓地抬起双臂，听到咔嚓声
不对称是美吗？我有一只受伤的左臂
它长出了新的皮肤，却和胶质挂钩一样
艰难对抗着地心引力的吸引，只能撑住

丝巾，那么轻的东西。

（原载《广西文学》2022 年第 8 期）

春山望

王怀凌

我们要上山采撷刺椿和蕨菜
空气中弥漫着丁香和地椒的诱惑
香气从紫色的烟霞中弥漫开来，招惹蜂蝶
绿色浓稠，掩护鸟鸣
酸梨树开出一团团雪白的点缀
壮年时踩出的羊肠小道，被野蛮生长的荆棘与青草覆盖
抬腿欲跨一道石槛
“哎哟——”
匍匐在地的人，顿时有比擦伤更痛彻的领悟
再次抬腿，已跨不过年龄的逻辑学
抬头仰望，有鸟飞过，花朵恣意怒放
而我要采撷的刺椿和蕨菜还在前头，在半山腰

（原载《诗刊》2022 年 8 月号上半月刊）

新年献词

王杰平

花豹叼着猎物回到树上
蚂蚁沿着墙根前行
一个旧伤　和我一起迎接新年

时代可以终结
时间和故事永不停息

我会在一个新的早晨醒来
随我醒来的还有一些想法　比如
昨天的我在哪？

我还会爱　虽然累人
也会老去　拄着拐杖　翻不过的山啊
不回头的水

终是无法携手
终是漫天寂寞

明天就是新年了
娜夜和王丁将从郑州飞回重庆
他们划过天际的翅膀
就要收拢在我的期待里
说不尽的好

此刻　长街飞雪
黑暗中奔跑的少年　身披小小的雪花
每一片雪花
都是一个童话

好吧：新年快乐！

（原载《作家》2022年第4期）

奶　奶

王士强

奶奶裹小脚，走路摇摇晃晃
你模仿奶奶走路，她在后面追
追不上，在后面故意跺脚

夏夜燥热，难以入睡
半夜时分，你睡醒一觉
奶奶正坐在一旁
为你摇着蒲扇

秋收的时候，劳动力下地劳动
奶奶在家做饭。水缸没水了
你和奶奶去村东的井里抬水
（奶奶太老，你太小，都挑不动）
地不平，上坡，小脚，一步三摇
一桶水到家只剩半桶

奶奶老了，牙掉光了
她用蒜臼子把熟花生米捣碎
再拌些白糖，又香又甜
奶奶把这自制的美味放在瓶子里
藏起来，偶尔打打牙祭
（小孩子多，如果被他们知道
可想而知会发生什么）
你知道那个瓶子放在哪里
你不时去偷吃几口

小心翼翼放回原处，保持原样
（奶奶肯定知道这事
有一次由于忙乱，你忘记盖瓶盖就跑掉了
但她什么也没说，放的位置后来也没改变）

奶奶守寡三十多年
独自养大了四个儿子一个女儿
早年吃不饱饭的时候，孩子们把饭抢光了
她涮涮锅把水喝掉

奶奶去世了，哭声一片
有的人是真哭，有的人显然是假哭
你跪在地上，默默无声
你哭在心里，没有人知道

（原载《天涯》2022 年第 4 期）

另一种光芒

王西平

每天吐纳新词，但也未必
言语之外无法抵达的部分，是遇水膨胀的
部分，如泡沫锁在深喉

欲罢不能又如何，破碎又如何
反正不是木头，无以为花朵
并非山河，不会一唱三叹，故而以宇宙为小
轻柔地绽放，指认埋藏于牙缝的合金
抑或青石

恍若门也开了，举起了万国之鼎

是的，唯有百鸟方可止沸
在流水中击退不能确定的荣耀，如大鱼
也是另一种光芒

（原载《黄河文学》2022 年第 4 期）

蓝　田

王子瓜

用裁缝的剪刀剖一条泥鳅
这里叫蓝田，美丽的名字
路牌上印着。半空飘的烟呢
你伏案磨玉的老男人？
某个结霜的清早，出门，菜市
水泥卡车磨盘一般碾过
幼猫正梦见自己是头狮子
横卧在泔水四溢的早餐铺前
它酣睡，颅盖掀开，无声地
仿佛红石榴，邀请你
探查有什么甜蜜藏在里面
两旁矮楼伸出的晾衣竿像是
代表一种生活哲学的船首像
租碟片的三轮车像是刚上岸的水牛
小巷像风，脚手架像风筝
偶尔萨克斯响自建筑工地
蓝色铁门的背面，混合着
厨房角落蛛网上的蛾子

垃圾屋附近终日不散的恶臭
哦，我庆幸这流放般的日子
我来这里体会过去生活的虚幻

（原载《唯美：上海，上海》，商务印书馆，2022 年 10 月）

晴　歌

温经天

倒悬的天下有玄机
关于生存的暗门或欲望的路径
风吹白街道以前，叶子枯黄，翻唱青红

他独爱众星压低的夜空
似乎不幸的往昔纷纷修复缺口
似乎，每一个斜挂的影子都历经了单人舞

昏聩就能在旋转中找到突围的角度
原野就能在倾覆底下重生鸟鸣
倒悬的子夜就能在上一个黎明收到笑容

风吹白鬓角也吹白了
通往无尽生命的秘密道口

（原载《鹿鸣》2022 年第 9 期）

蝉的陨落

文　西

一只蝉重重地摔下来
仰面朝天，脚在空中挣扎
终于，翻了个身，安静地趴着
它身体结实，健壮
眼睛光滑
蝉翼透明，轻盈，像是世上
最珍贵的事物
古老的纹路没有记载时间
旁边是一簇枯萎的花丛
它的生命要在这里结束了
还未过完的夏季，暴雨，飞行的路程
将一同消逝
它已经度过充满辛劳的一生，伴随着
饥饿，恐惧，忍耐了一切
现在，它要听从召唤
在最后到达的土地上安眠
这副空荡的躯壳里，保留了
最后一瞬的痛苦

（原载《扬子江诗刊》2022 年第 6 期）

春风优渥

吴少东

现在可以看到较为完整的河流
大雪压断的枝干，年前清出了
两岸提供新的空白处

波浪比顺流疾走的人更快
比赶赴午宴的人更快
但春风比这些都快

在所有的自然现象中
我独认为中年似一阵春风
匆匆一过，万物催发
但那不是你的

但这又能如何呢
锃亮的皮鞋走在厚厚的地毯上
优渥而踏实
春风吹遍大地

（原载《上海文学》2022 年第 6 期）

白日的边框

吴投文

我枯坐在室内，面前摆着一本书

却一行也没有读进去
我所经历的困境莫过如此
想在书中踩入一个脚印，却被抛出

亲友们都已经离开，像影子一闪
在南方冬日的天气下显得孤单
所有的人都朝着远处走
走到阳光蓊郁的丛林边上，肩并着肩

我抬起头，看到的却是一片空旷
旷野到处是枯黄的草色，泛出点点青绿
两头牛在静静地啃草，移动着脖子
它们有它们的满足，让天地空着

在更远的地方，是青黛的山峦和天际
长空里有河水漾动，道路依稀可见
我眷怀的一切都从老底片里浮出
这是我心里的寂静，是我的根

当我叹息着收回目光，眼前一片昏暗
似乎我从一片光中返回暗处，心里荒凉
书上的字符却热闹着，涂改我的指纹
我仍然枯坐着，室内慢慢变得明亮

（原载《诗潮》2022 年第 1 期）

夜宿涪江

吴向阳

我不过就是那个在大明
用宋体的汉字写唐诗的书生
早于我的人，左边为蜀，右边为巴
随后归于秦

我命中的人是从清末出发的
他已在路上。他在往回走
春日无视这些，显得不像春日

涪江是前后一致的，它不变，但流动
放眼望去，我看到灯光是陌生的灯光
黑暗却终是熟悉的黑暗

（原载《星星·诗歌原创》2022 年第 8 期）

正　反

吴小虫

许多时候，我感觉自己已经死了
我是在替一只猫或替另一个人活着。
活他们未完成的生命和梦，爱与悲欢
在一瞬间，地水火风
一个事实是，一只猫或一个人
可能在代替我们死去

死去我们的悲伤、寒冷和灰烬
我常常用此反驳自己
就好好地享用现在并以一位死者的心态
从墓地返回的幽灵提醒世界
轻点，轻点，别让天平倾斜

（原载《十月》2022 年第 3 期）

万物来不及深刻

吴燕青

睡眠是浅的
一阵雨声就惊醒了梦
阅读是浅的
在一首诗的前奏停下
书写是浅的
伟大的篇章还未开头
（永远没有开头）
打开的花朵是浅的
只吐出薄薄的香
月亮是浅的
苍白的光穿不透云层
认识你是浅的
一个微凉的背影
消失的事物是浅的
来不及认识来不及回忆
人间是浅的
激起的浪花盖住明天
你尝试飞翔游泳奔跑跳跃

然后
跌落也是浅的
肤体的疼痛记忆短暂
欢愉也是浅的
像湖水的咸度一样淡
我有浅浅的悲伤
来不及深刻
在这浩瀚的世界
万物都来不及深刻

（原载《草堂》2022 年第 9 卷）

幻　觉

小　海

手上有几件事情在做
事情也许会越做越少的

像抓在渔夫手上的鱼
也可以随时把它扔了

他们以共同的方式
来承受不可理喻的事情

饱满的虚无：不知道谁
清理了手上消失的事情

沉默已经降临并醒着
总有可听的声音传达

遭受暴风雨击打的堤坝
一个台风独自徘徊的夜晚

买菜从市场回来后你说，六条鱼
在桶里游，渔夫的声望是个幻觉

（原载《作家》2022年第4期）

时间留给我的

熊　焱

有时我穿过古镇的石板路、幽深的巷子
记忆是一种恍惚的错觉，仿佛正是我
在经历着那些往事中的荣光与衰落
有时我经过古遗址的废墟，断墙斑驳
泥土沉默。历史中有一种苍凉之美
人世间有一种繁华过后的沉寂
有时我回到故乡，看到田里稻谷金黄
就像世居于此的人，低垂着丰盈的灵魂
有时我在一壁爬山虎的墙院前停留
藤蔓悠长，就像梦境长于岁月
生活需要这样一种纠缠不休的交集
有时我参加亲人的葬礼，那告别的场景
又何尝不是我们死亡时的提前预演
有时我在黄昏遇见迟暮的老人，沧桑的脸
近得宛若我在中年后加速向前的暮年
远得宛若退潮的大海卸下了浪高风急
有时我喜欢独自走向远方，身后跟着

星辰与日月。长路给人颠沛流离
命运给人悲欣交集，时间留给我的
除了爱，便只剩下生死

（原载《诗刊》2022年8月号上半月刊）

垂直孤独

谢　君

胡志刚的分行，形态特别细长
让我凭空想起旷野上
支电线杆，几个民兵队员在人字
支架旁很吃力和孤独的样子。
也让我想起一种植物——黄麻，
秋天，麻花开放之后，
拔麻，剥麻，捆束，装船
送去省城，成了繁重的劳动。
它的品种是苏联的，
青铜的色泽特别美丽。
因而在萧绍平原种植广袤，
大片大片的，我的长腿
跑着跑着，就在广袤中跑拐了。
跑拐了只好睡回床上。
它趴在地上像一只海龟，
但脚是铁的。每天晚上的世界
就是我趴在海龟上的一个晚上。
一晚一晚累加，就是一种孤独。
孤独是一种无法扔弃的东西
因而被我封存了，装入陶罐，

罐口糊抹泥巴形成帽式封盖。显然
我没有意识到它们可以垂直叠垒，
像胡志刚制造分行那样一支一支的。

（原载《草堂》2022 年第 8 卷）

逃离现场

徐丽萍

那个拼命要挤进你心里的人
又逃一般的撤离　这狭小的空间
心变成废墟或硝烟弥漫的战场
那些被埋在灰尘里　甜得变味的记忆
被一辆火车匍匐着捎向远方
一朵玫瑰花抽干了血色
一张照片撕碎的记忆
都在爱情的谎言里　显现了原形
用出逃的方式离场
或许是无法面对这心猿意马的
海誓山盟　与病魔对抗的焦灼
生活没有想象中美好
它总是横刀夺爱　节外生枝
一部恢宏的戏剧　黯淡收场
趁着夜色　带着那些灰烬一样的片段
逃离灾难现场　用胜利者的姿态
用失败者的胸怀

（原载《星星·诗歌原创》2022 年第 10 期）

音　讯

小　葱

纷飞，长寿花的眼睛
向窗外。霾色，更接近饥饿的虚空史。

我在传统抒情内打坐，蜡梅的假泪，
那些小水滴，河南又飘雪了。

桌角，水瓶座的小泰迪，
发出甜美的鼾声。

想你倚在南方的诗中，
任我系念，却没有对稠密的空气倾吐片语。

终是没有一张地图，可以延展进你心底，
无梦之躯体内部。

没有一面镜子，让我窥探
你的沉默，“让一瞬说出一句忠实的诺言”①。

我们呀，刻意逃避的现实生活，
不堪一击，时刻都要冬眠。

注：①引用狄兰·托马斯诗句。

（原载《扬子江诗刊》2022年第5期）

一条小路

夏　杰

小路安静地沿着小区的铁栅栏
通往它的目的地
它趴在地上显得那么狭窄、冷清
好像每个走来的人都会沿着它
走上另一条大路
路旁零乱的树木与疯长的青草
在冬日里都已顺从了季节
路边几只鲜艳的包装袋也褪尽了颜色
它远离大路的喧闹与阳光照耀
红红的道砖也不知不觉变黑了
但它的地砖缝里还有青草在冒出来
像一支笔
在表达对阳光顺理成章的爱

（原载《诗刊》2022 年 1 月号下半月刊）

山茶花的春天

席　地

在春天，山茶花开的春天

郁金香、月季花、木棉花
虞美人、罂粟花、玫瑰花
凌霄花、炮仗花、天竺葵

刺桐花、吊钟花、一串红
都开了，谁都没落下

就像一个发冷的傍晚
一个人老了

幸运的是：
一个写诗的人，他说山茶花开了，在春天
那一刻就只有山茶花开了
在春天

就像一个人的老
先于他的时代
而后，其他的花
才慢慢地走了进来

（原载《三峡文学》2022 年第 3 期）

类似爱情

徐琳婕

那唇，吻过我。
喊我宝贝，女人，乖
那眼，发出过炽热的光
直击我内心的闪电
那修长的手指，抚摸过我身体
任何一个柔软的部位
使它们激荡不安，聚拢又分离
那唇，长出刀

喊我疯子，垃圾，神经病
那修长手指握成的拳头，也曾
砸向我身体的每一个部位
现在，他有了白发，皱纹
疼痛的腰椎和缓慢的心跳
体内的那只兽，越老越慈悲
在电闪雷鸣的夜里，总会
本能地搂过我，帮我掖好被角

（原载《诗潮》2022年第11期）

纪念亡友祝凤鸣

杨　键

亲爱的友人，在你去世之前我就跟你说过，
人无非就是顶骨、枕骨、颞骨、听小骨、上颌骨、下颌骨
胸骨、肋骨、锁骨，
颈椎、胸椎、腰椎、骶椎、尾椎，
髂骨、耻骨、坐骨，
肩胛骨、肱骨干、尺桡骨、腕骨、掌骨、指骨，
股骨干、髌骨、胫腓骨、跗骨、跖骨、趾骨，
人无非就是这些。
亲爱的友人，放下这些，跟着最强的光，去吧。

（原载《山花》2022年第10期）

四周记

余　怒

意识到被四周融化掉是一件快乐的事，是在
生病期间。如同灾祸临头后建立起某种特别
的信仰，不相信庙宇的功能，默祷的魔力，却相信
疾病的作用。一个不错的模型。你可以时不时
去病一次。在病床上，顺便考察一下你的孤独，
嘲笑它，或逗弄它。就像逗弄直立于路边的一条
眼镜王蛇。吊完一瓶水，接上另一瓶，想着跟谁
去谈谈厌倦（护士们太年轻，护工们又忙得
顾不上你）。打开窗户，视野开阔起来，这时
你才有了“四周”这个概念。阳光下的广玉兰树
和芭蕉树，夹竹桃树和柳树，还有一些草本植物及
其他阳光普照之物。你来到外面的回廊上，穿过
坐在那儿的病友们，在各种口音中辨别本地口音。
走近那个陌生的话痨小老乡，不搭话，只是听他。
你来到俯瞰医院的小山上，看见泉眼，看见流水
流动，继而看见它们朝山下乃至远方流去。这是
什么样的一种“四周”啊。它整个儿也在朝远方移动。

（原载《草堂》2022 年第 3 卷）

秋　叶

哑　石

意识中有一种荡漾，把我们

锁在这里。房屋奇怪地只在
“谁”离开后才露出晴明之雾
叶脉似的柱棱，撑起披覆
奶色月光的屋顶。那树桩
是活的，树皮树芯之间的
湿润，薄如我们交付给肌肤的
层层吮吸。几年前，我们
在屋顶并排坐着，抽烟、喝酒，
温柔地说些当时尚在瞭望的
事情。那酒桶状乌黑的坏东西，
用腹语同一切流动套近乎，
让人以为是个人形（不是
“谁”，却比谁更恶狠狠。
现在，我们正吃着它的苦。）
天亮时，地表向上微浮。
我在屋脊上砸碎绿酒瓶，起身
从檐沿纵身而下。挽着你，
像飞了起来，炮弹般朝地面落去。

（原载《四川文学》2022 年第 6 期）

老枪晾在一角太久了

叶延滨

回眸凝神，叹一声
你把自己这把老枪
晾在一角太久了

把自己奉送给工作

把屁股交给办公椅
把手指分配给键盘
把脑子清空装满公文表册
在宏大的题目下哄自己
为很小气的上司卖苦力

回眸凝神，摇着头
你把自己这把老枪
忘在一角太久了

用最华美的总结送上司升职
同样也可一字不差装进悼词
没指示，没应酬，时间停止了
你发现你把自己晾得太久了
你抱着自己双肩，对不起
泪水把时间的镜子擦亮

回眸凝神，笑一次
该把自己这把老枪
拆散了擦锈上油……

（原载《文学港》2022 年第 6 期）

我不想走得多么快

郁　葱

天气好的时候，能看到太行山，
鸟有飞的智慧，
山有静的智慧，

而留下来的，
是山不是鸟。

我懒散，知足，心气儿不高，
不想看更多的景致，
只在意身边的花草。
境界平庸，眼界短浅，
不为圣人的智慧感叹，
只为孩子的稚气满足。

不想高度，不想被人瞩目，
不思品位，不愿故作姿态。
不说哲学，感受不了深邃，
不读史书，分辨不出真假。
也不总想着能走多远，
你抬头看是那么多星星，
走出很远，再抬头看，
还是那么多星星。

不想失去从容，不愿急迫仓促，
有的时候停一会儿，
胜过走三年的路。

我不想走得那么快，
期盼的和厌恶的，都在前面等着，
抽象的和具体的，都在前面等着，
简单和繁杂，都在前面等着。
幸福的和不幸福的，
阴的晴的善的恶的，
都在前面等着。

（原载《诗潮》2022年第2期）

听银鱼捕捞师讲述银鱼

阎　安

短命的东西往往很美　万物之中
命短的事物比命长的事物要多出很多
雨点　霓虹　昙花　螳螂和蝉
短暂中达到艳丽和美的极致
最数银鱼　一种刀子形的鱼
像银灰色的刀光一样凌厉而闪烁的鱼
一出生就在自己体内制造剧毒　防御天敌
和更大的鱼较量时以毒取胜的鱼
一年下来就要被自己内在的毒
夺取自己性命的鱼

一年生一年死　像植物一样
沉迷于时令而毫无时间感的鱼
银鱼　骄里娇气迅疾逃遁的鱼
内脏和剧毒比赛谁比谁成长更快的鱼
作为阳宗海的守望者　一个职业的捕捞师
我必须割韭菜一样按时捕捞的鱼
我必须和厨师反复研究去毒术的鱼
它们有毒的美和腥臭并存的尸体我要及时处理
我要保证湖水的湛蓝不被溃烂的毒鱼腐蚀
永葆它像泉水一样双手掬起就可啜饮的品质

短命的鱼　悲情的鱼　以毒为美的鱼

每一条鱼被吃完后遗弃的鱼骨
都是一座阳宗海的可能的废墟　都迫使我
发现了更多短命的事物　以职业的自觉
目睹它们银鱼一样的死亡或者幸存
我沉溺于这种仿佛面对未知的目光　常常悲从中来
仿佛短命的东西因此已经变得长久

（原载《大家》2022年第1期）

白鹭飞

亚　楠

而那个时节，碧空净
有如我此时此刻的心情。
当我在高处眺望，秋水就与长天呼应，
仿佛一面巨大的镜子
弹射出风云。

我理解的时代凸现于
盛世
所辉映的场景。一只白鹭
在天空飞翔，
它寻找着记忆中那一道不曾泯灭
的亮光。

就像季节寻找雨水，
安静地
在大地上起伏。我已经
注意到那水天一色的盛大场景，

众生绵延，
可是你无法抵达的山岭

就在你脚下起伏。风云激荡啊，
波澜壮阔的大地
已显示出神迹。而恰恰就在那里，
白鹭的翅膀早已汇入了
蓬勃的日出。

（原载《诗林》2022 年第 2 期）

我每年都要梦见粉红色的花

杨　然

我每年都要梦见粉红色的花
开在玛瑙质的树干上
她们串联成珠，自在发光
尤其漂亮那午夜，低垂于树梢
她们饱满，圆润，扯动了月色
我必须赶在黎明之前
去树下多悬挂她们几眼
要不然这世界就没有春天

我看见她们亮了，更亮了
亮得整个视野都充满了翡翠
这些坚硬的精灵是被她们唤醒的
并在月光下柔软，松弛，流动
形成天地间难得一见的遍地晶莹
“只有瞬间存在呵，这奇遇”

“你得抓紧时间感受她们的温情”

我看见她们招摇，膨胀，沉醉
赶在日出之前完成绽放的使命
她们的艳丽是有命数的
不需要跟季节联姻，就自己确定
她们自由自在高悬于天光
我望见她们的光芒越来越远
越来越远，我知道她们就要远行了

玛瑙树干沉默不语，习惯了熄灭
我总是最后一个站在道路尽头
沐浴她们穿心透肺的冥冥辉映
目送她们自生自灭，如牧歌向远
我望见最后一串荧光渐渐收敛了
那些粉红色的花，悄然融入夜色
她们是那样义无反顾，重归于幽深

（原载《华西都市报》2022 年 8 月 11 日）

在阿勒泰

杨森君

在阿勒泰戈壁滩
我遇到过
一位脸色黝黑的牧民
他的眼眶
有些深陷

我没有在此生活过
体验不到什么叫天荒地老

我与他有过短暂的交谈
微笑的时候
他会低下头
当得知我来此的目的时
我注意到
他的面部有一些微小的变化

我猜想
对于外地人来这里捡石头
他应该是排斥的
不过
他还是给我指了一个
我一眼看不到的地方

按照牧民手指指的方向
走到头
不是石头滩
而是一个废弃已久的石油基地

（原载《人民文学》2022年第10期）

写　作

杨　通

风流的马蹄　在一片雪上隐匿
一道白光向上旋起

给我自由
我听见一个声音　在水底游动

笔　是一支水养的凿刀
将纸上的纯洁　一点一点凿去
写作　就是让蠹虫蛀空世俗的躯体
让与生俱来的罪孽　慢慢浮出水面

绕开路走　绕开星罗棋布的情感的收费站
绕开太多的胆怯　彷徨和牵挂
让精神在天上飞

让风雨拂出隐匿的马蹄
在水养的思路上驰骋
然后　我折好白纸　折起人们
还来不及把尘土带上去的这块唯一干净的高地
邀请自由在灵魂里座谈
让写作者
在一道白光里隐姓埋名
在水底　收敛语言

（原载《椰城》2022年第2期）

记梦或急就章

杨献平

一根烟抽完，灵魂也没了
旧事是一些流水，在某个山间
四处都是夜的声音

群星掩盖山河，近处温软的体香
迷醉的窗外，总是有眠鸟，不经意的叫声
其实我自惭形秽
美好的人，而我不过是一枝群生的艾草
附近的迷迭香，不过梦境的奢望
这一刻的街道上，铺满暗色的反光

（原载《诗潮》2022 年第 10 期）

立　冬

姚　彬

那只鸟多么愿意融入枯黄的树叶里
它不知道有人看着它那对黑色的眼睛
它用来辨别的眼睛在别人的眼睛里泄露了机密
还是飞走吧。它扇动了枯黄的树叶
它明白了树叶的枯黄才是这个季节的主流
快速收拢翅膀。它似乎反应太快
却露出了尖利的爪子。那再简单不过的一点灰中带白
如果没有其他的打扰，我猜它会就这样安静下去
但我还是担心它会和树叶一起落到地里
我不再看它的眼睛。我只看到了一片枯黄的叶

（原载《山花》2022 年第 2 期）

最南端的海

姚　风

来到大陆的最南端
大海已是另一个大海
你转过身，用湛蓝的目光打量我
然后走向一只船

但你最终独自向前走去
在水平线的尽头
纵身跃上蓝天

而我跳进水里，一直游
游至水变成海
在浪涛间我饮下大剂量的蓝
来洗涤我的身心
我要呕出郁积的阴影、喧嚣和尘埃

（原载《草堂》2022 年第 9 卷）

虹

姚　辉

不寻找。我们
只是相遇

联想式相遇……

从石头上升起的虹
类似于车前草上升起的虹
类似于河曾经
以彼岸隐藏的虹

不寻找。滑行之雨
翻越四种苍穹
我们只是
习惯于相遇

墓地之虹往返于风中
一只麻雀
索要属于自己的虹
它　想进入
虹的往事

墙向东方侧转
如某种成为虹的可能性

不寻找。虹
代表了神新拟定的
某些道路——

（原载《山花》2022年第6期）

属　相

叶　辉

为什么我们只是
家禽、小动物或者史前
图腾，是谁
在我们身体里塞进这些

它们沉睡着

而我们接受了
我们在野外漫步，我们坐在河边
我们打瞌睡，我们照镜子
我们孤独

（原载《扬子江诗刊》2022 年第 6 期）

一念之间

雍　也

这群诗歌是搁在地下室
并关在笼中的鸟
这么多年过去
或许已变成了标本
我和窗外清爽的天空合计后
小心翼翼地靠近它们
把一粒粒璀璨的阳光

投放到它们的喙前
我触摸到它们
轻微的鼻息和鼾声
它们抖落岁月和黑暗的皮屑
眼睛由惺忪变得灵动
万物次第绽放
草木明媚生长
夏天的裙裾沙沙作响
它们开始叽叽喳喳
像将要解冻的河流
酝酿着喧哗与骚动
忽然
它们扑棱棱飞出
在脆嫩的阳光的枝条间
兴高采烈翻飞啼鸣
这群诗歌的带血复活
就在我和这块时空的
一念之间

（原载《星星·诗歌原创》2022 年第 11 期）

溶洞与蝙蝠

余笑忠

记不清看过多少溶洞了
无非是别有洞天
无非是钟乳石、石笋
无非是苦水让石头开花
无非是前人命悬一线的探险

变成后人轻松的观光
或许有暗河，往往成为
一条大河的起源
所谓奇观，无非是
明眼人眼中的盲文
任凭导游手中的激光笔
指指点点……

一切都像睡着了
唯有昼伏夜出的蝙蝠喜爱这里
攀附着岩石，全都安安静静
像在暗中攒足力气
像从梦中窥视着什么秘密
一旦它的时刻到来，暮色中
翻飞的蝙蝠就像神秘的导游
带着那些
白天被禁止外出的病孩子
在他们眼中，熟悉的一切
变得陌生，唯有一处处野火
令他们欣喜万分

（原载《山西文学》2022 年第 6 期）

暴雨之前

余幼幼

待到语言在喉咙上结出果子
我们一起摘下
扔进深不见底的湖中

那一瞬间
没有咕咚一声响
甚至没有涟漪

我们不分男女也无性别
仅仅是看见了倒影
才发觉了害羞
多张脸重叠
才辨识出湖水的动荡

扭曲的人们多次
聚散又融为更大的集体

以致形成一块更大的镜面
将正在经历的梦
反射成暴雨之前的乌云

（原载《青年文学》2022年第12期）

离群索居赋

余　真

夜晚是我们的舒适区
这时候我们不再是忐忑的下属
不再是疾行的司机
不再是朋友口中的朋友
同事抱怨中的同事
你打开车门，狠狠嘬了一口烟
烟雾就像乌云留在你

年久失修的房顶
你看到路旁僭越了窗台的绿萝
看到你的妻子满面愁容
往植物身上洒水
灯光把她的愁容放大得
像你母亲尚在的那年
在钨丝灯下叫你停下课业
洗手，吃这一天的最后一饭
她的口吻多么严厉啊
你才发现你已经很久没有
经历宽严相济的责难
妻子放下了围裙
意味着她今天做够了妇女
当她像水流一样铺满房间
你像盥洗她的清冽泉水
直到她的气味冷淡得
像餐桌上没被抹干净的冷油
你才再次陷入了孤独
你好像在一个无比荒芜的村庄
好像抱着已为枯骨的母亲

（原载《文学港》2022 年第 10 期）

街上的西西弗斯

玉　珍

他们又开始清扫街道
要用扫帚将这儿恢复
叶子还在落，这是没办法的

叶子不断地落下
他们不断地扫
街上的西西弗斯
拿扫把的西西弗斯
永在重复的西西弗斯
在落叶中成为永生的叶子大师
他们自己也不知道收拾了多少
这个世上的落叶
但你永不能阻止叶子掉下
永不能扫完这世上的季节
他们像蚂蚁蠕动在黑暗中
在这条街的晨昏度过三十年
黑暗中晚餐的香气带来乡愁而盒饭
像没有感情的塑料狗
疲惫比街面更硬在这个马路上死磕生活
他们在叶片与垃圾的宇宙中飞行
数十年如一日地隐逸
我们也走过那儿，一样的西西弗斯
一样的劳作者
携带我们的垃圾和重复动作进入夜晚
你看那手执扫把的神仙穿过他的街道
径直往前
已扫清他的孤独

（原载《作品》2022年第6期）

残　荷

郁　笛

何曾是遇见了一池秋水，斜阳残破
一池秋天的水呀，在荷叶下面波澜不惊

这么多的拥挤和凋敝，终于看见了秋天
在天边洒落的一袭珠泪，悄然滑落

你说，这阔大的荷园里秋风寥落
栈道上的木质断桥，陷落在浅浅的水中

想象一下去年的荷花，晓风拂岸
那些白，还有粉红色的张望，已然飘落

怎样问一位垂钓的老人，暮色四合
那些迟迟没有到来的荷花，成为天际的流云

风已经老了，再也托不住一枚清瘦的荷叶
一池秋水照见了暮色里的霞光

（原载《诗歌月刊》2022 年第 5 期）

庄子，或维特根斯坦

育　邦

庄子，或维特根斯坦，

坐在花丛中饮酒，
或醉或醒，都无所谓。
通过做梦，他写下彩色诗句，
让黑玫瑰开花。

隐秘的夜晚，某个庄子
捡起维特根斯坦的拨火棍，
轻轻挑拨世界的炉火。

冬季与雪，属于维特根斯坦。
轻度贫血的凌晨，他给我们带来
一束干花，一捧草籽。

（原载《诗刊》2022 年 3 月号上半月刊）

寻人启事

喻　言

在大街小巷
贴寻人启事
寻找一个失踪多年的中年男子
身高 180 厘米
体重 90 公斤
戴黑框眼镜
说四川普通话
每张启事上
都印着我的近照
这座城里的人
非常热心

贴启事的时候
他们就围在边上
指指点点
每贴完一张
我都回头对着他们微笑
他们鼓励我加油
让我放心
全城的人都会帮助我
但没有一个人发现
我要寻找的
正是我自己

（原载《三峡文学》2022 年第 7 期）

山脉与河流

袁永苹

在我的生命中，一定有
几条河流和若干山脉
在等待着我。
这可能只是一种一厢情愿的说法，
但我宁愿相信这是真的，并且
它们能够在某些关键的时刻，
向我展现一些它们的本质
即使，我看到的只是
它们的部分和表象，
而它们当中的确藏有
一些不愿示我的东西：
似乎在说，我们之所以

居于这个世界上，
本是无可奈何的。
而那些向着山脉和水流的行动，
作为一个行动本身，
游荡于一个近乎边境的地方。

（原载《草堂》2022年第2卷）

沉　默

叶德庆

此刻不适合抚摸，水略咸
风一吹，伤口遇上一层薄薄的盐
途经千山万水而来的沙粒和水滴
在沉默中
不适合久留，倒影使本来清亮的地方变黑
自然界有些氤氲处人类不宜介入太深
海鸥从里面飞出来的时候长吐一口气
几个小时后，头发湿湿的，纠缠不清
有些地方只适合知道
一些自然现象是苍天的符号或者玄学
所有的美学都是不会发声的镜子
镜面上的日月如柱
原来穹顶在此
水是一路争论而来的，没有结果
有些伤口一直没有结痂
不要渲染无意识幻术，不要说穿慈悲
上游的事物总是经过很久才产生抵达之美
原本想拾一些贝壳，与沙滩比心

都是一厢情愿的杂念
淤泥与驳船，不甚浪漫
上善若水，九九八十一难的解脱之后
见到般若

（原载《山花》2022 年第 4 期）

没有月亮的中秋之夜

雨 田

冷如白骨的月亮　你在今夜隐藏在哪里
不知为什么　整个白天我都神魂颠倒
此刻　再怎么优雅的热度也无法掩盖
我内心深处的忧伤　我的血已经变冷

独自一人静坐　没有酒　比酒更烫人的思念
如一颗生锈的铁钉扎进我的骨头　今夜
举着杯盏的人又是谁　又是谁在我疼痛的伤口
洒上了一把盐　而我心中的月亮今夜已在远方

无边的思念抵挡不了无边的孤独　只有死亡
在缓缓地逼近我　也许我过多地去想念一个人
就是悲哀　想到这一切　我更加悲伤
如果可能的话　我独自一人试图隐身而去……

（原载《作家》2022 年 2 期）

偏　离

张曙光

总是会有一些改变出现。譬如
当你沉思，却不知道在沉思着什么
也许是在走神。这意味着意识
会暂时偏离某些预设的轨道。
尽管看上去很小。几忽米或几毫克。
可以忽略不计。风景变冷
以及天气，和桌上的那杯咖啡。
我不想给你更多的期待
在热情的欢呼中，那位影星
跌倒在红地毯上。当然这只是
一个句子，相当于一只恐龙
在鸡蛋中被孵出，或
一颗小行星不慎撞向地球。
每幅照片都是一个微型景观。
包括微笑，和蛋筒冰激凌。
它被无限放大，直到无法辨认。
事实上我一直努力在做
虽然没有结果。后者是名词
也是动词。这取决于如何看待。
如果你被石头砸中，请不要
抱怨。命运在下个街角处等你
就像建筑物上孩子们的涂鸦。

（原载《诗潮》2022 年第 9 期）

从未用过的花瓶简史

臧　棣

太阳和浆果并列在
我的跷跷板上。倾斜很安静，
就好像类似的倾斜
从来都可以忽略不计。
隐秘的另一面，我的情绪地图
刚刚才将初夏的白云
包含在一个起伏中。深渊里
还有很多紧闭的阀门
看上去依然显得抽象。

我把身体横陈在河边的草地上。
每年五月，我都会死去一回：
要么死于妖冶的毒蛇
从浓黑的头发里突然窜出，
要么死于射杀狮子的子弹
也击穿了诗歌的太阳穴。
但每一次，只要吃下六月的浆果，
我就会重新醒来。一睁眼，
魔毯已变回金银木的绿荫。

死神已更换过情人，
自画像里有一枚生锈的戒指。
旧的契约已经模糊，
但并未妨碍我重新意识到
太阳从不知道渺小意味着什么。

而且说起来，多少有点卑鄙——
太阳只会死于未来；
我的判断则越来越明确：
一个真实的人只可能死于过去。

（原载《万松浦》2022 年 11 月创刊号）

搜刮出来的诗

张执浩

北风在户外搜刮了一夜
今日小雪。晨起授衣
翻出去年此时的一件绒服
并从内兜中找出了一只口罩
皱巴巴的，像紧缩了一年的心情
很难再有御风而行的好时光了
姑且在摘下口罩后强作欢颜
体面地回到一件旧衣服内
树叶在风中迷狂地摇摆
并没有哪一片叶子落下来后
想重新回到树上，否则它们
不会尾随我朝冬天深处走
而我要去打加强针，要去
接受没有你我也能独活的现实

（原载《长江文艺》2022 年第 3 期）

北　风

曾　蒙

那里有忧郁的钥匙。山谷里
和煦的风微微吹拂缓慢下降的斜坡。
跟着斜坡下降的是
永不回头静谧的山谷。
你轻轻地将就了过去和未来，
那曾经的火焰同时要接待
不再平和的旧时光，即使是屋顶
也能有效避让。
那些不再鲜艳、凋谢了的花卉，
滴落出小酒窝
那么温暖，和寒冷。
你有一万个理由拒绝没有向阳的巴山蜀水，
你有赤诚的热情接纳万古不复的西风瘦马，
只要是见证
就能懂得城北的桥梁
承担了多少战栗和抖动。
那北风还一如既往
接纳更多的北风。

（原载《山花》2022 年第 7 期）

飞机开始下降

臧海英

飞机开始下降
中年载着我。

夜幕降落得更快一些。
半空中向下望，大地灯火闪烁
如倒置的星空
我就来自那里
生活多年的地面
故乡不在了，我仍然在寻求
一种古老的安慰。

继续下降
记忆也跟着回来
穿过气流
让我确定一个着陆点
让我在时间轨道上，滑行一会儿
我要回到童年的屋顶
仰望星空。

（原载《诗潮》2022 年第 8 期）

大　雁

张常美

一群之后，又是三只
大雁，一边飞着，一边鸣叫
因为是三只，就算不上孤雁
因为是春天，再怎样急迫
在另外一种生灵眼中
也不会显得慌乱
再怎样的声音也听不出凄楚
因为，它们是飞翔在
我也辨不出方向的天空中
所以我不敢确认
它们的前途究竟对不对
曾经有多少集体的迷失，让少数的
几个或几只，显得格外悲壮
如果不是肉身太重，我甚至
愿意为了一个乌有乡
跟紧这三只大雁
一边练习振翅，一边模仿鸣叫

（原载《浙江诗人》2022 年第 3 期）

身是客

张二棍

深知我的人间，已漏洞百出

梦如一方蜃楼，醒是无边的海市
深知我莫名其妙的慌张，并不会
大于，无头的苍蝇，也不会大于
热锅上的蚂蚁。哪有什么
大千世界，不过是一个个碎纷纷的
日子，你千补，我百衲，拼凑出
这微弱一叹，这一声唏嘘
——身是客
你定睛看，断尾求生的是我
摇尾乞怜的，也是我
你再看，石头是我，搬起石头的
也是我。伤痕累累的，依然是我

（原载《诗歌月刊》2022 年第 4 期）

磨刀人语

张新泉

世间油水多
锈已稀少
钝，是所有刀具
普遍的硬伤……
有人送匕首来磨：
“这种铁器喜血
我只有清水
见谅，见谅”

临别，他捏我肩膀
“先生骨头还硬

头发白得透彻
不怕岁月飞霜”

（原载《四川文学》2022 年第 9 期）

空山观瀑

张　烨

水声雷鸣，而渊默，而雪飞
鸟声不绝，如花腔女高音
凝神屏息，似有另外一种声音
红尘未曾有过的声音
声音的镜子照我内心，隐见粒粒尘垢
一朵云轻轻拂拭
声音的笔被我抓住，想写
脑中却一片空白
佛说，别动
自然动，心却不动
一切无碍，处于一切境界之上
视听，随自然变幻
也在意识之中

（原载《诗潮》2022 年第 11 期）

追风者

张远伦

落叶是去追赶大风的，可要枝头颤抖才行

它屈从于命运
飞絮是去追赶大风的，可要芦苇点头才行
它受制于规矩

啸声也想去追赶大风
大片大片的森林，便把时间养活十年
波澜也想去追赶大风
长江为此，耗费了三千里心思

我在江边纹丝不动，追赶大风，很多人叫我
——赶紧跑

（原载《中国作家》2022 年第 7 期）

桑科草原

赵　琳

桑科草原，雨中草地像一块湿巾
我骑着洛桑的马
和他追逐雪峰和太阳
我送给他一块小小的玛瑙石
给他的妻子打一块吊坠
这块来自尼泊尔的石头，和桑科的信仰一样

星辰正点燃草地，近处牦牛打鼾
时间消亡的夜晚，我们各饮大碗青稞酒
微醺中，我看到桑科深处
走出一个诵经的人
像矮矮的毡房移动在

雪山下空旷的草原

我试图接近，今晚的桑科真美
我误认为，洛桑就是
这个披着月光的人

（原载《扬子江诗刊》2022 年第 1 期）

行走是一件非常困难的事情

赵少琳

我走着
宁静不会回头
我走着
宁静沉淀了所有的建筑
车站
和码头
我走着
雪在昨天就出发了
实施着预谋
我走着
夜连续而来
我走着。现在
走着才是自己的星斗
我走着
宁静就抬起了枪
就抬起了枪口
我走着。我必须走下去。
后来宁静又用了一条绳子

要将我勒死
我想在炉火边的人
没有人能够想起
我在雪地上悬挂着
我走着。我必须走下去。我想
只有这样才能够把夜和宁静
走出个窟窿

（原载《四川文学》2022 年第 4 期）

在最后

赵卫峰

我将跨鹤西去
只为重新跟上父亲的步伐
我曾随波逐流
若井底之蛙，江湖鱼虾
终被两岸猿声劝阻，被淤泥拘留
像古老的风水反复磨皮的石头
貌似光鲜，硬度不如原来
却自满，却顽固得难分远近正反
我要去的地方天知地知
蝴蝶与梦已悄自光临多次
我要去的地方无波无浪
草木环绕的青春
曾在其中自由安插，茁壮成长
今天是个好日子，植物们持续
和很多人与动物相伴进入老年
很多初生的心灵也竞相绽开

我将背道而行，我已遭遇并经过美
就要投身美中不足的长途
我熟悉即将的黎明如无为的昨夜
我要去的地方并非遥远

（原载《诗潮》2022年第4期）

斑　斓

赵晓梦

池水有透明的理想，也有色彩的童话
在向阳的山坡上，每一次停顿
都是一次眩晕的确认
属于黄龙的时间，被水底缺钙的
泥土软埋，一层一层堆积
大山的寂静与苍茫

雪山和森林的那点事儿，不过是
从谷底到山巅的古老容颜
落在你们身上，星辰找不到
夜晚的心跳。转瞬即逝的苍穹下
斑斓的彩林变得炙手可热
秋天在一池水里画出灵魂的光泽

最终是影子和鸟鸣分离出栈道的
耐心，蜜蜂就在松鼠的身上嬉戏
陌生的未来倒映在沉默的水面
风被推迟半小时到来
火焰的花海抚摸群山，一年四季

都没有高原反应

（原载《诗歌月刊》2022 年第 9 期）

手　套

赵亚东

我所有的勇气
都来自这两只手套
正是它们在我和人世之间
形成巨大的缓冲

而现在，它们丢了
在一次醉酒之后
我再也找不到它们

从此，我的手指
像一群无家可归的孩子
局促，怯懦，一点风吹草动
就会局促不安

（原载《诗刊》2022 年 1 月号下半月刊）

桂花树下

周瑟瑟

我在桂花树下
挖掘一口深井

慢慢冒出浑浊的泥水
我在井下挖了很久
父亲在上边叫我
我自顾自吭哧吭哧挖着
完全听不到父亲的喊叫
泉水喷涌而出的夜晚
我爬出了深井
桂花在月光下盛开
天空像一口巨大的深井
月亮渐渐变暗
旷世的爱散布大地
月亮在头顶移动
把父亲吸进了天空
我坐在井沿哭泣
泉水喷涌到脸上
像冰凉的刀子划破眼睛
桂花降落，天地合拢
在细碎的桂花中间
我眼睁睁看着父亲消失

（原载《花城》2022 年第 5 期）

不知道她是谁的时候已经喜欢上了她

朱　涛

五百里急行军的沙漠，把嘴迷惑在先知的幻觉中：

向前，向前，向前。一阵风后
泉源会绿得像旷课的学校

世间多热烈奔放的身体
爱抽象的美
喜欢有意混淆的误会
但缺才华横溢的质疑的面孔

光芒万丈的牧场
贡献的为何是厚厚的白骨
仅仅因为
气味的针孔牵着命运的鼻子
不知道她是谁的时候已经喜欢上了她

“没有你，怎能幸福”
天堂昂贵的发明
总是出乎意料并让禽兽深陷其中

（原载《广州文艺》2022 年第 9 期）

庇　佑

祝立根

母亲曾在这儿
获得一小片斑驳的浓荫
为了让孩子们看不见她的泪水
她弯腰，拨起杂草
倒扣在土中
父亲，也曾在这儿
种过歉收的地瓜，为了他的孩子们
在饥馑的年代品尝到甜

他让孩子们自己找到
自己挖掘，我们都在那儿获得过
各自的期许与幸福，那一小块自留地
是我们的应许之地，是我们的
天堂和洞穴，我还在那儿闻到过秸秆的甘醇
亲人的芳香——为了躲避无处可逃的
坍塌和闷雷，频频地震的那几年
全家人，曾在那儿搭建窝棚
怀抱瓷碗和鸡蛋，易碎的事物
围在我们肉身的中间
那时星光晃动，草木慌乱
我们低头诅咒的声音，细若蚊吟
宛如祈求

（原载《人民文学》2022 年第 2 期）

歌　者

子　非

黑夜在密林中穿梭，小兽在梦中磨牙
腐土漫起水汽，空山兀自鸣响
远村安静时，磷火明灭处
唯有歌声，行走于若有若无的世界

歌者，定是被时间选中的人
在反复言说中，重塑孱弱的躯体
多孔的目光，重聚忧郁的族群
重建荒村的秩序，此时此刻的密林

歌声，在深涧的共鸣箱里回环
树木或高或低，流水或急或缓
一只萤火虫，照亮了另一只萤火虫
一个人抵达了另一个人，或他自己

他不断接近、复述、确认自己
以经脉为弦，以歌声为食
从牙齿到舌头，从偏旁到汉字
从语言到言语，从一丛野花到满天星辰

（原载《延安文学》2022 年第 3 期）

空 白

子非花

你背离这张桌子走向墙壁
桌子上有更恍惚的灯火
不确定的情谊栖息在桌面上
手掌驻留的发丝

葱白的手指
温润的一阵心跳
今日，一只手抚摸另一只手
明日，谁将成为逃逸的新娘？

界限即将再次移动
焦渴的力量涌起
来到可爱的另一边
最初的空白纸张

停泊于漩涡的中心
你在一个边缘远远站定
时间迟疑了一下
钟表惊慌地前行

软弱之爱
你在生活之底幽暗地闪动
你总会听到咔嚓咔嚓的街景

越漫长，越清晰
阳光一闪
铁把最柔软的部分交付

（原载《草堂》2022 年第 10 卷）

我幻想过一万种离开的方式

孜　格

明天或者意外
永远无法竞猜哪一个先来

幻想过一万种离开的方式
比如，一阵龙卷风，或者一颗小螺丝的松动
从飞机到达地平线
生命就定格了

从天而降的一块坠石
或者迎面的汽车相遇

如果场面还不够惨烈
一场山崩地裂，或者溺水

即使什么都不做
还有那无孔不入的空气
几个小小的病毒

或者有一天
世界一言不合
枪林弹雨抹去太多人的姓名

我只想成为花园中的那棵树
慢慢放弃最后一片黄叶
在时光的余额里
斤斤计较

（原载《草堂》2022 年第 9 卷）

我的手里握着笤帚和阳光

郑成雨

雨后清晨，被擦亮的鸟鸣更加清脆
我的手里握着笤帚和阳光
加入他们打扫的队伍
我们打扫一场夜雨
留给人世的狼藉。那些落叶里
乌鸦归巢时投下的黑身影，香樟树
一夜未眠的青春的焦虑，风铃叶在弧线中
被放慢的忧伤，以及它们落地之后

颓败的迷茫，我们统统一扫而光。
万物皆在弃旧图新。所有出海的船
都会驶经自己的河流，然后汇入
更大的河流之中。河水有时清澈
有时浑浊。两岸遍布洪水
退去之后的漂浮物——
香蕉树干，死鸡鸭，稻草秆，以及它们
腐败的气息。阳光每天都是新的
我们穷尽一生，也无力把旧事物打扫干净
但我们必须
不断打扫自己，并手握阳光
把旧船帆，和我们的名字
一一擦亮

（原载《草堂》2022 年第 12 卷）

茅台壬寅年端午大典

宗仁发

赤水河的灵感
来自彩云之南
一路上挟风带雨
裹泥含沙
卷石起浪
桫椤从容地繁衍生息
黄芩和凤仙花
开得格外妖冶
潮湿汇合闷热
演变成悬而未决

构树的聚花果
酿成一段旅游史
汉武帝当了形象大使
拐枣子
被关进语言学的牢笼

麦子成熟之时
一反常态
为自己一生的卑微而后悔
祈盼一场狂欢可以拯救
那些记忆中的耻辱
而沉默不走向爆发
再修饰也掩盖不了胆怯与懦弱

上天于端午降下契机
把麦子送上
用砖石铺就的涅槃路
被命名为酒曲的时候
它就诀别了平凡
也不必只在土地上周而复始
颠覆者先要颠覆自己的过去
无边无际的红高粱在沉睡中
谛听到召唤
一翻身把梦境交给水和火重新赋形

顺着时针的方向旋转
不如意却总是接踵而至
这世上有什么东西能让时间弯曲
圆满储蓄在山洞之中

杯中之物如女娲所炼五色石
漏洞尽可弥合
仙境诞生
大洋彼岸
拉斯维加斯传来的叮叮咚咚
使侵蚀内华达的沙尘暴
无影无踪

每一场游戏都不可复制
煮酒论英雄
推杯换盏　太极运动
口吃者酒过三巡也能妙语连珠
各种边界形同虚设
宿醉醒来
一只鸡扑腾着昨夜的翅膀
仍是不会飞翔

（原载《十月》2022年第4期）